COLLECTION FOLIO

René Frégni

La fiancée
des corbeaux

Gallimard

© Éditions Gallimard, 2011.

Né le 8 juillet 1947 à Marseille, René Frégni a déserté l'armée après de brèves études et vécu pendant cinq ans à l'étranger sous une fausse identité. De retour en France, il a travaillé durant sept ans comme infirmier dans un hôpital psychiatrique avant de faire du café-théâtre et d'exercer divers métiers pour survivre et écrire.

Depuis plusieurs années, il anime des ateliers d'écriture dans la prison d'Aix-en-Provence et celle des Baumettes.

Il a reçu en 1989 le prix Populiste pour son roman *Les chemins noirs* (Folio n° 2361), le prix spécial du jury du Levant et le prix Cino del Duca en 1992 pour *Les nuits d'Alice* (Folio n° 2624), le prix Paul Léautaud pour *Elle danse dans le noir* en 1998, le prix Antigone pour *On ne s'endort jamais seul* en 2001, et le prix Nice Baie des Anges pour *Tu tomberas avec la nuit* en 2008.

*Pour Lili qui est parti planter
des arbres dans les nuages*

« L'amour est une main douce qui écarte lentement le destin. »

SIEGFRIED SIWERTZ

« Le soleil n'est jamais aussi beau qu'un jour où l'on se met en route. »

JEAN GIONO

« — Ta beauté est une souffrance, dit Louis à Marion.
— Hier, tu disais que c'était une joie.
— C'est une joie et une souffrance. »

La sirène du Mississippi
FRANÇOIS TRUFFAUT

Fin octobre

27 octobre

Le silence est entré dans la ville. Il est descendu des collines, s'est glissé sous les porches. Il a filé dans les ruelles courbes, contourné les fontaines où s'ébrouent les pigeons. Le silence encore chaud des pinèdes est entré dans cette ville d'ombre, il s'est assis sur les bancs de pierre derrière les églises.

Ma fille est partie vivre dans une autre ville, vivre sa vie. Dix-huit ans avec ma fille, dans cet appartement au milieu des tuiles, des cheminées et des oiseaux. Maintenant je vis avec le silence.

Jusqu'en octobre nous allions nous baigner dans l'eau verte d'un petit lac, au bout de longues rangées de vignes. Aujourd'hui j'y suis allé seul. Les après-midi sont encore torrides et les nuits ne suffisent pas à refroidir l'eau et les pierres.

J'ai nagé jusqu'au milieu du lac et j'ai fait la planche en fermant les yeux. J'entendais le battement sourd de mon cœur dans mes oreilles, mes paupières étaient vermillon. Je suis revenu m'étendre sur les galets noirs de la rive. Ma fille collectionnait ceux qui sont rayés de blanc, ils étincellent dans l'eau peu profonde, sur la berge le soleil éteint les éclairs de marbre.

J'aime cette odeur de rivière et d'enfance, ce silence d'arrière-saison loin des écoles et l'or tigré des peupliers entre la vigne et l'eau.

28 octobre

Comme presque tous les mercredis j'ai franchi deux rivières et je suis allé garder Félix. Tout le monde l'appelle Lili dans ce petit village au-dessus du Verdon, depuis l'école primaire. Lili a quatre-vingt-quinze ans, il a oublié son visage et son nom.

Isabelle, la fille de Lili, est institutrice à la maternelle du village. Le mercredi elle va faire de grosses courses en ville. Pendant trois heures je marche à petits pas autour de leur maison en tenant Lili par la main, ou bras dessus, bras dessous lorsqu'il bascule en avant.

Tout l'étonne, le ciel, les arbres et moi qu'il scrute toutes les cinq minutes comme la première fois.

Jusqu'après la guerre c'était le cordonnier du village, il faisait des souliers de travail, les sandales légères et les ballons de foot puis l'industrie de la chaussure l'a emporté, comme tant d'autres. Il a acheté trois hectares de vieilles vignes au bord de la colline et il est devenu paysan. Il n'y a pas un arbre ici qu'il n'ait planté, greffé, un muret qu'il n'ait reconstruit. Tous les secrets du cuir il les tient de son père, il a grandi dans l'atelier au milieu des alènes, du fil, des tranchets, de l'odeur forte des peaux qu'on allait chercher à Barjols et des jolis pieds de femme.

Les secrets de la terre il les a découverts au fil des années, seul en tâtonnant, en observant, en se réveillant chaque nuit parce que le ciel gronde, les branches craquent sous le gel.

Il y a cinq ans il a tourné pendant une journée dans son petit champ sur son tracteur orange, il ne savait plus comment on l'arrêtait. Le lendemain sa fille donnait le tracteur, discrètement, à un collectionneur.

Pour promener Lili autour d'une maison, octobre est un mois féerique. Je casse une noix entre deux pierres, encore fraîche, et nous la partageons, un peu âpre… Quelques petits pas et nous passons du brou à l'odeur incomparable des figuiers. Bleues, lourdes de sucre, bourdonnantes, j'ouvre deux ou trois figues que nous partageons aussi.

Lili en raffole. « C'est bon, Fernand ! » me dit-il, ravi sous sa petite casquette. Il y a cinq minutes il m'appelait Lucien. Encore quelques pas et je coupe une grappe de raisin noir, moins sucré que les figues. Il n'y a plus que quelques pieds de vigne ici, à l'abri des murs qui soutiennent les bancaous ; Lili a planté des arbres partout.

Nous allons nous asseoir à l'ombre du noyer,

sur l'un de ces murets, et nous nous partageons les grains à la peau épaisse. Lili me dit que ses six filles ne viennent jamais le voir. Il n'en a qu'une, Isabelle, l'institutrice qui fait ses courses à Manosque. Je suis amoureux du calme de ses yeux. Des yeux gris-vert, semblables aux cloches de bronze des vieilles abbayes.

Est-ce que je franchirais deux rivières pour venir garder Lili au milieu des collines s'il n'y avait pas la beauté calme de ces yeux ?...

Le petit cordonnier a planté des arbres durant la deuxième partie de sa vie, les a soignés en toute saison et il ne sait plus ce qu'est un olivier, un pêcher, une noix.

« Et Kakou ? dit-il, où il est passé ? Il y a un moment que je l'ai pas vu. »

Ce qu'il a préféré jadis c'est la chasse, encore plus que la terre et les arbres. Il a rôdé depuis son enfance dans tous ces vallons, avec des chiens et des furets, par tous les temps après des journées éreintantes de travail jusqu'à la nuit noire. Kakou fut son dernier chien. Il l'a enterré à côté de tous les autres, à l'endroit de son terrain qui touche presque le cimetière. Il a oublié ce que signifient le mot fusil, le mot lapin.

Toutes les cinq minutes il me dit : « Bon, on y va, Henri ? » Il veut rentrer chez lui, chez sa mère, à l'autre bout du village, dans la maison où il est né. Il ne sait pas chez qui on est ici, il y a pourtant passé sa vie, déplacé chaque pierre, retourné chaque motte de terre. « Elle va m'attendre pour souper, on y va ! » Il y a cinquante ans qu'elle est au cimetière, sa mère.

Ce qu'il dit me rend triste, lui ne l'est pas du tout, il est contrarié que nous ne rentrions pas plus vite chez lui. « Alors, on y va, Fernand ! Qu'est-ce qu'on fabrique ici ? » Je suis redevenu Fernand.

Il a passé sa vie sur tous ces chemins qui partent derrière sa maison. Quand son dernier chien est mort il a cherché des champignons, puis des asperges sous les trois gros chênes devant nous, puis les poireaux sauvages devant sa porte.

Maintenant il cherche sa mère toute la journée. J'ai l'impression de garder un enfant, il est aussi menu et léger qu'un enfant, seules ses mains sont épaisses et tordues comme des racines de genévriers. Parfois il est trop fatigué et je le prends sur mon dos. En quelques secondes ses yeux perdent toute couleur. Ils sont gris soudain puis transparents comme sa mémoire, ses jambes s'effondrent. Je le charge sur mon dos et je le rentre à la maison.

Isabelle est revenue des courses. Avant de la connaître je n'aimais pas vraiment ce prénom, Isabelle, je le trouvais désuet. Quand je regarde le visage de cette femme il m'arrive de le trouver très doux et même sensuel à force de douceur.

Nous avons bu tous les trois un chocolat sur la toile cirée de la cuisine avec une tranche de pain d'épice et je suis allé brûler les meules d'herbe et de broussaille que je coupe et entasse tout au long de l'été et qui attendent en noircissant le

15 octobre, jusque-là le moindre feu est interdit. Je garde Lili et j'entretiens ces trois petits hectares que les genêts et les ronces menacent dès qu'on tourne le dos. J'adore ces premiers feux d'automne après un chocolat. Les danseurs rouges des flammes, courts, nerveux, les longs danseurs bleus de la fumée. Je vais d'un talus à l'autre avec ma boîte d'allumettes, la fourche, un vieux journal. J'aime les soirs d'octobre dans ce petit vallon, l'odeur de la fumée dans mes cheveux, ma chemise et ces petits danseurs partout qui égratignent la nuit.

À travers le feuillage encore très vert des chênes je vois s'allumer la cuisine de la petite maison. Je sais qu'Isabelle prépare comme chaque soir la soupe de Floraline pour son père et qu'elle écrase les cachets dans un petit bol bleu avec le pilon en bois d'olivier pour l'aïoli.

Presque tous les vieux meurent seuls dans une maison de retraite, un hôpital. Elle l'aide à manger, à se coucher. Elle lui parle comme à un enfant, le gronde gentiment ainsi qu'elle a fait durant toute la journée avec trente vrais enfants. Elle ajoute un ou deux gestes de tendresse pour son enfant du soir. Elle rit des quelques mots insensés qui traversent la tête desséchée de cet homme perdu. Dès que la nuit tombe il parle en patois, à ses amis d'autrefois, à tous les chenapans des collines avec qui il tendait des lacets et surtout à sa mère qu'il cherche dans tous les recoins de la maison.

29 octobre

Les parkings ne sont beaux que dans les romans noirs. J'ai grandi après la guerre dans une banlieue de Marseille qui sentait le raisin, le feu de broussaille et la fumée de charbon. Je suis revenu vers les jardins et les collines.

J'aime arrêter ma voiture le soir à la sortie de n'importe quel petit village, dans ces déserts de la haute Provence, et filer devant moi sur le premier chemin que je ne connais pas. Des acacias accompagnent la plupart de ces chemins, leur feuillage est aussi léger que leur ombre l'été. C'est très rassurant de s'engager dans un chemin pailleté de lumière. L'acacia aime l'homme, il suit les voies ferrées, les routes étroites, se hisse sur les ponts de pierre. Dès que l'homme a posé son sac, l'acacia est venu voir ce qui se passait. Il ne possède pas la noblesse de certaines cathédrales de verdure. Je l'aime parce qu'il est discret et curieux.

De loin je reconnais un noyer, pendant trois jours il est bouton-d'or. L'or des érables et celui des tilleuls est plus gris. Les troncs blancs des bouleaux tachés de noir ressemblent à des chevaux indiens groupés autour d'un étang.

Je traverse des prés, longe des champs de maïs qui froissent l'air du soir, comme un peuple serré d'écrivains froisserait sous la brume toutes les pages d'un été au moindre coup de vent.

Je devine quelques fermes écartées, d'autres hameaux, à la silhouette noire des cyprès dont la pointe ultime dessine les nuages.

À la sortie d'un virage je retombe sur des jardins. On dirait que les abricotiers sont encore couverts de fruits, ce sont les feuilles qui roussissent du côté du couchant. Les cerisiers se sont embrasés d'un coup, maintenant ils sont nus.

Quand la nuit tombe les coings sont sous les arbustes comme des poussins dans l'herbe qui éclairent les vergers et la céramique orangée d'un plaqueminier luit au milieu d'un champ.

30 octobre

Ce matin, à travers les vitres de mon appartement, j'ai vu arriver sur la place un étrange mille-pattes de couleurs. Il progressait de manière sinueuse sous les platanes. C'était des enfants de trois ans qui s'accrochaient en file indienne à un ruban.

J'ai reconnu Jeanine en tête et à l'autre bout du ruban Jacky, son aide maternelle. Il y a quinze ans j'avais vu ce même cortège déboucher sous mes fenêtres, ma fille venait d'entrer à la maternelle, elle tenait le ruban.

J'ai eu l'impression de reconnaître Marilou parmi ces bébés tant la scène était identique, la même maîtresse, la même aide, les cheveux un peu plus gris...

Jeanine s'est arrêtée devant la fontaine, comme il y a quinze ans, ses paroles étaient couvertes par le bruit de l'eau et elle devait raconter l'histoire mystérieuse de cette eau qui a voyagé longtemps sous les montagnes, les forêts, les herbes.

Un pigeon s'est envolé en claquant et tous les enfants ont regardé l'oiseau. Il était plus vivant que la fontaine. Les visages étaient tournés vers le ciel et ils n'écoutaient plus leur maîtresse. Le cortège est reparti à petits pas, comme il était venu, les petits pas prudents et étonnés de ceux qui découvrent le monde.

Je me suis souvenu que ma fille pleurait derrière la vitre lorsque je la laissais chaque matin dans cette classe en préfabriqué branlante et surchauffée. Et chaque matin j'hésitais à faire demi-tour pour la reprendre avec moi et revenir jouer à la maison. Mais Jeanine me faisait un signe furtif de la main pour que je m'éloigne rapidement.

Aujourd'hui c'est moi qui suis derrière la vitre. Ma fille ne pleure plus. Elle est dans un café de Montpellier à cette heure, dans un tramway, sans doute en retard ou très amoureuse. Quinze ans qui sont passés sur nous comme un vol de pigeons au-dessus de la ville, laissant un vaste ciel immobile et silencieux.

Novembre

3 novembre

Si d'un côté mon appartement s'ouvre sur la place, la fontaine et au loin, par-delà les toits de la ville, les territoires bleus de Valensole, il donne de l'autre côté sur une étroite et profonde ruelle.

De ma cuisine je peux voir vivre à chaque étage de la maison d'en face toutes sortes de gens. La fenêtre la plus intéressante est celle du troisième étage. C'est une ouverture rectangulaire plus large que haute, j'ai tout de suite pensé à un écran de télévision. Les programmes que j'y découvre au fil des jours sont beaucoup plus captivants que l'eau tiède du petit écran. Programmes que je ne peux connaître à l'avance et dont je suis l'unique spectateur.

Comme j'habite au quatrième mes regards plongent par cette ouverture, à quelques mètres seulement de ma cuisine, dans une salle de bain cabinets.

À toute heure du jour et de la nuit je vois entrer dans cette pièce deux jeunes femmes et un homme de leur âge ; l'un après l'autre ou tous ensemble. Ils ne doivent pas avoir beaucoup plus de vingt ans, de là leur impudeur.

Depuis un an personne n'habite sous mon appartement et ces trois colocataires ne se sont jamais douté, n'ayant aucun vis-à-vis, que quelqu'un au-dessus les observe mois après mois.

Ce qui est extraordinaire c'est que je connais leurs corps dans les moindres détails, je les ai vus dans toutes les positions même les plus obscènes, mais je n'ai jamais aperçu leurs têtes. Je vois leurs jambes, leurs fesses, leurs ventres lorsqu'ils sont debout, les seins des deux jeunes femmes lorsqu'elles s'assoient nues sur les toilettes et je ne sais même pas si ces corps appartiennent à un brun, une blonde. Je les imagine beaux de visage tout simplement parce que leurs corps sont splendides. Des corps splendides mais sans tête. La vie nous propose parfois de bien étranges spectacles.

Si je les rencontrais dans la rue, à la terrasse d'un café, chez le boulanger, je ne pourrais les reconnaître et je les croise sans doute très souvent.

Je vois trois jeunes gens plusieurs fois par jour se déshabiller, se doucher, faire leurs besoins à quelques mètres de moi. J'en sais plus sur l'intimité de chacun d'eux et leurs petites manies que sur la femme avec qui j'ai vécu dix-neuf ans...

Comme beaucoup de jeunes gens, j'imagine, ceux-là sortent très souvent le soir et les cérémonies de préparation dans cette salle de bains sont grandioses.

Après s'être douchées les deux femmes se plantent nues devant un miroir et entament une danse érotique qui peut durer des heures. Dès qu'elles s'approchent de ce miroir, elles se hissent sur la pointe de leurs pieds et leurs silhouettes déjà souples et minces n'en sont que plus élancées. Elles se tournent et se retournent pour observer leurs fesses qu'elles font saillir, comme elles font jaillir leurs seins en posant leurs poings sur les hanches.

Souvent l'homme encore habillé s'assoit sur la cuvette des W-C et les observe. Sans doute attendent-elles de lui des commentaires qui ne parviennent pas jusqu'à moi.

Ces deux femmes ont une allure à avoir pris durant toute leur jeune vie des cours de danse, des cours de maintien, des cours de grâce, des cours de galbe et de désir. Comment cet homme peut-il rester assis sur sa cuvette sans avoir envie de les dévorer toutes crues ? Seul dans la pénombre de ma cuisine j'en ai la gorge desséchée.

Après avoir virevolté longtemps toutes nues, elles essaient des quantités de robes, bustiers, minijupes, perchées sur d'impitoyables talons aiguilles. Je ne sais pas à quel genre de soirées elles se préparent ainsi. Je me demande même si l'essentiel de la soirée n'est pas là, dans cette malicieuse chorégraphie.

Les morceaux de tissus rouges, noirs ou lamés volent autour d'elles. Elles enjambent des culottes, des strings, des lambeaux de dentelle avec des grâces de funambules qui ne défieraient l'abîme que pour mettre en valeur le galbe soyeux de leurs cuisses, de leurs fesses, de leurs seins.

La seule chose qui les différencie, puisque je n'ai jamais vu leurs visages et qu'elles sont toutes deux minutieusement épilées, c'est leur poitrine. L'une des deux a des seins plus lourds, des mamelons plus gonflés, plus sombres.

Quand je pense à cette ouverture qui plonge sur un théâtre aussi troublant, ce n'est pas le mot fenêtre qui me vient à l'esprit mais meurtrière. Une meurtrière horizontale qui ne protège pas, qui offre. Finalement, ne se doutent-ils pas que je suis là, chaque soir, posté derrière ma vitre ? Parfois je me laisse aller à penser que toute cette mise en scène est pour moi, uniquement pour moi, et ce que m'offre cette meurtrière est suffocant.

La nuit chaque goutte d'eau qui court sur la faïence de cette salle de bains réfléchit ces corps et leur lumière. Le matin, pendant quelques minutes, le soleil levant en illumine chaque détail, comme le tombeau des pharaons au plus profond de la Vallée des Rois.

6 novembre

Mes parents dorment au fond du petit cimetière de Saint-Maime. À la sortie du village il y a un oratoire qui regarde la vallée, une route bordée d'acacias tourne et suit paisiblement le coteau jusqu'au portail de fer qui me faisait si peur enfant, même de loin. En novembre cette route est rousse de feuilles mortes, surtout lorsqu'on passe sous deux gros noyers.

J'y suis arrivé vers cinq heures du soir avec deux cyclamens rouges. Presque toutes les tombes étaient fleuries de chrysanthèmes, de beaux bouquets ronds, jaunes ou violets. Ma mère n'aimait que les herbes et les fleurs sauvages des collines, elle marchait seule dans les collines, par tous les temps. Elle ressemblait à ces herbes maigres qui poussent entre les pierres et résistent au vent.

Ma mère était maigre et sauvage, je me suis souvenu que l'année dernière j'avais apporté deux pieds de bruyère en fleur.

À cette heure de l'après-midi, la lumière était froide déjà sous les cyprès et j'ai remarqué que la mousse envahissait un peu plus la stèle de pierre grise où sont gravés les noms de mes parents et les dates de leurs vies.

Chaque année je me dis qu'il faudrait que je trouve quelqu'un pour nettoyer la stèle et puis je pense que la mousse n'efface aucun détail de nos vies.

J'ai donné un coup de balai sur la dalle, me suis demandé comment disposer les cyclamens afin qu'ils ne soient pas trop symétriques. Ces deux modestes fleurs rouges sur le ciment étaient loin d'exprimer ce que nous avions vécu, la beauté des saisons, notre petite banlieue aux confins de

Marseille, le regard inoubliable de ma mère, toujours fiévreux, si doux.

Je parle avec ma mère partout, dans les rues, les hôtels de passage où je dors une nuit, dans ma cuisine en préparant une soupe de légumes avec les gestes que je lui ai vus refaire presque chaque soir. Mixer la soupe, mais pas trop, afin qu'il reste quelques morceaux de pomme de terre ou de carotte. Je parle surtout à ma mère en épluchant ces légumes et je suis sûr qu'elle est heureuse de me voir l'économe à la main. Toute sa vie elle n'a pensé qu'à ma santé, qui était bien plus importante que la sienne.

J'ai eu envie de m'asseoir un moment sur cette dalle pour être plus près d'eux, leur parler de mes filles. La plus grande qu'ils ont souvent gardée parce que j'étais jeune et fou et celle qui vient de partir à Montpellier et qu'ils ont aperçue trois fois dans un couffin. Leur dire que l'automne est somptueux cette année avec ses ors et ses pourpres qui envahissent forêts, routes, jardins, et que mon roman n'avance pas vite depuis quelques mois.

Il y avait encore trop de monde autour de nous, des gens qui allaient jeter de vieilles fleurs à l'entrée du cimetière, d'autres qui cherchaient le balai ou réparaient les couronnes en perles de verre que le vent a renversées.

Une femme s'est approchée de moi, elle voulait savoir si on avait le droit de planter, comme je l'avais fait, deux petits buis dans la terre de l'allée, juste devant notre tombe. Je lui ai dis que je n'avais rien demandé à personne. Elle trouvait ça très joli.

Pour parler à ma mère il faut que je sois seul. Jadis je ne serais jamais entré seul dans un cimetière à la tombée de la nuit, la seule plainte du portail aurait glacé mon dos. Maintenant que ma mère est ici, c'est l'endroit le plus rassurant de la terre, même à minuit. Mortes, nos mères veillent encore sur nous.

Je suis venu ici à la fin de l'été, juste avant la nuit pour être certain de ne croiser personne. L'arrosoir de la mairie est accroché à la branche coupée d'un cyprès. J'ai arrosé les deux buis qui commençaient à souffrir et je me suis assis sur la tombe encore tiède de soleil, du côté où est ma mère.

Là, quand je suis seul, je peux lui dire maman, autant de fois que je le veux, en lui racontant des histoires, et je promène ma main très doucement sur la dalle, comme si je caressais son visage. J'aime le grand silence de la campagne le soir, pour être seul avec elle comme je l'ai été si souvent.

Nous venions passer dans ce village la fin de chaque été, parce que Marseille devenait étouffant et sale sous les grosses chaleurs. C'était une trêve bleue avant la rentrée des classes et l'horrible odeur des livres scolaires et des cartables.

L'après-midi, je lui disais : « Maman, on va aux mûres. »

Nous prenions deux paniers d'osier tapissés de papier brun et nous partions sur tous les chemins. Souvent notre cueillette nous amenait là, autour du cimetière. Les morts derrière les murs ne nous concernaient pas tant nous étions heureux ensemble, les bras levés vers ces buissons de ronces, dans la belle lumière dorée de ces après-midi et le silence à peine dérangé par le claquement sec d'un fusil au bord d'un labour ou feutré par l'épaisseur des chênes.

On ne se disait que quelques mots qui confirmaient notre bonheur. Pour rentrer, nous longions une rivière bordée de noisetiers et j'avais hâte d'écraser avec maman ces mûres dans un torchon au-dessus de l'évier et de remplir trois ou quatre pots en verre de cette extraordinaire gelée d'un rouge presque noir.

Une gelée que nous étalions le matin sur nos tartines, puis à quatre heures, dans cette minuscule maison de deux pièces, au-dessus d'une vallée où débouchaient en sifflant et suffoquant les derniers trains à vapeur.

Maintenant que Marilou mène sa vie d'étudiante, je m'assois plus souvent à ma table le soir, j'ouvre mon cahier, et sur la page blanche je revois ces après-midi encore torrides de septembre, nos courses sur tous ces chemins avec ma mère, si radieuse d'être avec moi un panier à la main, enfantine dans cette vallée où nous ne croisions que quelques vaches rousses, et de loin en loin, le vol noir des corbeaux.

Tout était si simple autour de nous, si limpide, si libre. Pas de leçon à apprendre par cœur, de sirène qui annonce le début et la fin de longs calvaires studieux. Même les clôtures nous pouvions les franchir pour ramasser quelques mûres, personne ne nous a jamais rien dit.

Une vallée de bonheur fendue quatre fois par jour par le sifflet du train et les gros moutons blancs de la vapeur. Et la paix tiède de ces nuits, où seul montait jusqu'à nous, dans cette petite chambre sous les toits, le chant de l'eau dans un lavoir, là-bas sous les ormeaux.

Qui aurait pu se prétendre alors, plus riche et plus heureux que nous ?

10 novembre

Une fois par semaine Tony m'appelle. Seulement deux mots. Toujours les mêmes : « Tu descends ? » Sa voix brûlée par le tabac et la prudence est lointaine.

Je descends à Marseille ou il monte à Manosque partager un repas avec moi. Tony a participé pendant quatre ans à mes ateliers d'écriture, au bâtiment D de la prison des Baumettes, puis ils l'ont transféré en centrale.

De loin en loin, il m'a appelé, envoyé un mot, un jour il m'a annoncé qu'il s'était mis à écrire l'histoire de sa vie.

Sa vie... Vingt-sept ans de prison, de ratière, comme il dit. Il a été l'ami des anciens et nouveaux maîtres de Marseille. Les hauts murs des centrales et des maisons d'arrêt l'ont sans doute protégé de toutes les guerres de gangs qui ont rougi les trottoirs de cette ville. Une vie de souffrance, de luxe, de peur et de sang.

Chaque semaine il m'apporte un nouveau chapitre de cette longue et terrible errance. Il me pose des questions de grammaire, de syntaxe, de rythme, auxquelles je ne réponds pas toujours. Moi aussi j'ai tout appris seul en lisant, en écrivant, après des années d'école buissonnière. Je préfère ne pas compter mes lacunes. Je le lui dis et il trouve cela rassurant. Il aime le mot autodidacte, ce mot savant pèse aussi lourd que trois diplômes.

Après le café je le laisse rôder, à demi-mot, dans les étroites ruelles du crime qu'il a longtemps fréquentées et qu'il n'a sans doute jamais vraiment quittées, même s'il jure depuis sa sortie de prison, il y a cinq mois, que son seul rêve est de devenir écrivain, comme moi.

Je ne sais pas de quoi il vit en attendant d'être écrivain, ça ne me regarde pas, mais chaque fois que je fais mine de payer l'addition, les restaurateurs me font comprendre, d'un geste discret, que tout est réglé. Et ils s'empressent de lui apporter son manteau en lui disant six fois Monsieur et dix fois merci. Petits signes qui ne trompent pas. Tony est connu et respecté, sans doute craint.

Je l'écoute au fil des semaines, je prends quelques notes et j'écrirai sans doute un nouveau roman noir qui sera le reflet de cette vie ratée et exceptionnelle.

Il habite seul, dans un petit appartement derrière le Vieux-Port. Malgré ses soixante ans il me fait penser au personnage du samouraï, dans le film de Melville. Il a recréé dans cette chambre cuisine le dépouillement d'une vie cellulaire, provisoire. Un lit, une table, une chaise, son ordinateur portable, un réchaud.

Il n'y manque que la cage et l'oiseau. Des cages il en a tellement connues. Des années de cachot, d'isolement, de cours de promenade individuelle, de transferts dans des cercueils de métal. Les vieux voyous sont des personnages de cinéma.

Hier soir j'ai revu *Heat* à la télévision, pour la dixième fois. J'ai fait le tour des chaînes en me disant, tu ne vas pas le regarder encore, tu connais chaque scène par cœur. Je n'ai pas pu résister, dès les premières images j'étais happé. Un univers qui vous attrape et vous emporte dans ses ténèbres. En observant le visage de De Niro, je pensais à celui de Tony, un peu plus vieux mais tout aussi solitaire, crépusculaire, inquiétant.

La première fois qu'il a franchi les grilles des petites Baumettes pour cambriolage, Tony n'avait que quatorze ans et demi. Il venait de faire son entrée, juste avant Noël, dans cette effroyable université du crime. Des casses et braquages au trafic d'armes et de cigarettes, Tony a touché à tout, machines à sous, règlements de compte, rackets, évasions...

Quand je descends le voir à Marseille, il réserve une petite table pour deux dans un restaurant italien, une pizzeria, dans ce dédale de ruelles derrière le port qui sent le poisson, l'essence et la friture.

Nous nous installons un peu à l'écart et pendant un quart d'heure il ne dit rien, il faut qu'il s'habitue à ma présence. Il tripote le menu, commande un pastis, moi un verre de vin et je sens à sa façon de se racler la gorge qu'il cherche sa place ici et le premier mot.

Je regarde ses longues mains, puissantes et soignées. Je sais que ce sont des mains de voleur et peut-être d'assassin. Il porte une bague représentant une tête de loup en émeraudes serties de platine blanc.

La plupart du temps il est vêtu d'un jean, d'une chemise blanche et d'un veston gris qu'il va chercher en Italie. Ses chaussures aussi sont grises comme ses yeux. Des yeux de loup.

Il parle comme tous les truands, sans presque desserrer les lèvres, d'un bourdonnement monocorde. On devine les mots plus qu'on ne les entend. La longue habitude des couloirs de prison, du secret, de la parole rare. Il a dû plaire aux femmes, il n'a pas que le regard du loup, il en a la maigreur, l'instinct, la cruauté sans doute.

Pourtant à la fin du repas nous rions comme des bossus, son visage est presque celui d'un enfant, nous avons fait tous les deux, jadis, les quatre cents coups dans cette ville, sans nous connaître, en jetant chaque matin notre cartable derrière le comptoir d'un bistrot avant d'aller courir et chaparder dans les rues.

Années de lumière et d'insouciance. Années de vent, de soleil et de sel. Dès la fin mars les minots comme nous plongeaient en slip sous les murailles du fort Saint-Jean, dans une eau encore glacée. Ces minots je les connaissais mieux que ceux qui somnolaient dans la pénombre des classes, ils étaient violents, voleurs, malins, menteurs, tordus et tellement vivants, éclaboussés de lumière. J'ai grandi avec ces herbes sauvages. Je vais les faire écrire en prison pour retrouver le fort Saint-Jean un matin de mistral.

La ressemblance s'arrête là, je ne sais pas ce que c'est que de tuer un homme. Tony doit le sentir, en une seconde ce regard d'enfant redevient plus dur qu'une pierre de trottoir. Je revois le loup. Inquiet, traqué, cruel.

Je pense qu'il n'a plus d'ennemis mais il ne mange jamais dos à la porte et même lorsqu'il rit de bon cœur, il surveille autour de nous chaque mouvement, chaque ombre. C'est à ce prix qu'il vit encore.

Son père était corse, sa mère italienne, il adore la tomate, le parmesan et Giorgio Armani. Je n'ai pas les moyens de m'offrir des vestons Armani mais les lasagnes je les aime autant que lui et aucune femme n'échappe à la malice de nos regards. Il aime répéter qu'il est célibataire, sans enfants, épicurien et un peu libertin…

Si un jour Tony se fait buter, c'est qu'une femme très belle passait près de lui à la même seconde que le tueur. Des belles femmes à Marseille il y en a plein les rues et le tueur peut attendre vingt ans, n'importe où.

11 novembre

Hier j'ai passé ma journée avec un vieux truand, aujourd'hui j'ai ramassé des olives en gardant un homme sans mémoire. Voilà mes amis. Je ne fréquente pas d'écrivains, ici il n'y en a pas.

Je suis venu faire, sous le soleil et le vent, les gestes que les hommes font depuis plus de dix mille ans, pour voir couler le soir dans un moulin cet or liquide aux reflets verts.

La mémoire de Lili, ce sont ses arbres, une cinquantaine d'oliviers qu'il est allé chercher dans les collines au cours de sa vie. Des collines qui étaient couvertes d'oliviers jusqu'à ce que l'hiver terrible de 56 brûle sous le gel des pans entiers de la Provence. La plupart de ces parcelles en terrasses ont été abandonnées aux ronces et aux genêts, les chemins ont disparu.

C'est au fond de cette broussaille pleine de couleuvres et de renards que Lili est allé chercher autour des troncs calcinés ces quelques repousses d'oliviers qu'il a replantées et greffées autour de sa maison.

Je les bêche deux fois par an et j'ajoute à chacun un arrosoir d'eau lorsque les étés sont brûlants. L'olivier est un arbre indépendant, il a besoin de peu. Je lui ressemble.

Je m'y suis mis tôt ce matin, pendant qu'Isabelle cuisinait en gardant son père. L'herbe était trempée et mes doigts presque aussi bleus que les olives. On dit qu'il faut deux ou trois nuits de gel pour que l'huile monte dans le fruit. C'est ce qu'il a fait et tous les moulins ont ouvert. Ici presque chaque village possède encore son moulin.

J'ai travaillé longtemps dans une humidité glacée. Les olives ne tombaient pas vite dans le panier que je fixe sur mon ventre. J'ai su que nous étions le 11 novembre en voyant passer dans le brouillard des drapeaux et de lentes silhouettes voûtées. Il y en avait sur tous les chemins. C'étaient d'anciens combattants de 40 qui allaient se recueillir devant le monument aux morts de l'autre guerre, sous le cimetière.

Je les ai vus revenir vers le village dans ce brouillard que le soleil commençait à peine à blondir.

Quand midi a sonné j'ai vu apparaître le clocher de Vinon et la journée a été bleue et immobile.

Tous les oiseaux soudain se sont mis à chanter. C'est drôle, j'adore la campagne, je sais reconnaître presque chaque arbre en toute saison, même de loin, à son feuillage, sa puissance, sa maigreur ; je ne saurais pas dire si c'est une mésange, une alouette, un rouge-gorge ou un pinson qui chante à trois mètres de moi dans un taillis. Peut-être reconnaîtrais-je la voix du rossignol qui est unique, si harmonieuse, et l'appel beaucoup plus répétitif de la grive. Mon père en gardait quelques-unes dans de petites cages vertes. Il les transportait le dimanche dans les postes de chasse qu'il construisait chaque automne dans les collines de pins qui dominent Marseille.

L'après-midi a été très gai. Isabelle est venue m'aider et nous avons installé Lili au soleil, entre deux arbres sur un fauteuil de jardin. Elle m'a dit que lorsqu'elle était toute petite, sa mère partait en vélo, par tous les temps, travailler dans des fermes. Quand elle rentrait des moissons, harassée, elle sentait la poussière et la sueur, elle revenait sucrée des vendanges. Après la cueillette des olives elle sentait l'hiver.

Ramasser les olives est un travail lent et fastidieux. Le faire avec une femme aussi jolie qu'Isabelle est un moment de grâce.

C'est une année à fruits, dit-on, il a fait chaud et plu au bon moment, les branches croulent sous le poids. Il faut traire les rameaux et les olives font un petit bruit de galop en tombant dans le panier. Lorsqu'elles sont minuscules et vertes le niveau ne monte pas, sur l'arbre suivant elles sont violettes, aussi joufflues que des prunes, et les conversations sont plus alertes.

J'ai entendu dire que sur la Côte on les faisait tomber à coups de gaule sur de grands draps étalés dans l'herbe. Tout tombe plus facilement sur la Côte, les olives comme l'argent. Ici on les ramasse une à une et ce geste simple et ce silence permettent de rêver ou d'écouter une jolie femme vous raconter sa vie.

Jean Giono faisait dire à un curé de La Verdière : « Les hommes se damnent, c'est dans les olivettes qu'ils vont au diable. » Le diable avait aujourd'hui le visage paisible d'un moment de bonheur, à deux pas d'une petite église qui regarde passer le Verdon.

Isabelle n'a pas eu d'enfant. Elle en a trente chaque année. Elle me parle en souriant de sa petite maternelle, ils viennent d'avoir trois ans et tous l'adorent. Elle leur apprend le prénom de ceux qui découpent, dessinent et peignent à leur table, par groupe de cinq. Ils peuvent rester des mois, me dit-elle, côte à côte, en ne disant que il ou elle : « Il m'a mordu », « Il m'a tiré la langue », « Il m'a dit que je suis pas belle », « Il m'a pris ma poupée »...

Lili nous a interrompus, il nous a demandé pourquoi on arrachait les arbres. Elle est allée le moucher en riant de bon cœur.

J'ai trouvé que c'était beau d'achever doucement sa vie dans son champ d'oliviers, au soleil, en faisant rire une femme si jolie.

18 novembre

Il y a des jours où je tourne en rond dans mon appartement, sans parvenir à entreprendre quoi que ce soit. Je prends un livre, le repose aussitôt, je lave mon bol, commence à enlever la poussière avec un chiffon dans la chambre vide de ma fille. Je jette un coup d'œil sur la place puis du côté des collines qui ont brûlé il y a trois ans et qui reverdissent depuis le printemps.

J'ai observé un moment deux ouvriers qui posaient un Velux sur une toiture. Depuis quelques années toutes les toitures sont criblées de Velux, c'est nouveau. Nos toits ressemblent à ces champs que les taupes font éclater un peu partout. Les gens déferlent de toute l'Europe bleue vers notre petit arc de cercle jaune, ce sont les couleurs de la météo.

Comme il n'y a plus rien à vendre ici, on leur refile les greniers. Jusque-là on montait étendre le linge dans le grenier, on y entreposait les vieux meubles, les chaises cassées, des armoires bourrées de vêtements démodés. Il y a plus longtemps encore on y élevait des poules, mais personne n'a jamais habité dans les greniers, on y étouffe l'été, on y suffoque sous des tuiles qui sont le soir de vraies plaques de four.

Les gens des grandes villes du Nord veulent du soleil, à n'importe quel prix, et trois ans plus tard ils revendent leur grenier aménagé. Ils n'ont pas fermé l'œil de l'été et repartent hagards vers leurs cités de brume. Un Velux ne suffit pas à changer la Provence.

Je suivais donc ces deux ouvriers qui se déplaçaient prudemment sur les tuiles et mon regard s'est inévitablement reporté sur la fenêtre rectangulaire qui éclaire si bien le matin la salle de bains de mes trois voisins d'en face.

Presque à la même seconde l'une des deux jeunes femmes est entrée dans la pièce. Elle a baissé son jean, sa culotte et s'est installée sur la cuvette des W-C. J'emploie le mot « installée » car je connais chacune de leurs habitudes et petites manies.

Deux fois par jour cette femme s'assoit ainsi. Elle étend ses jambes devant elle, s'appuie à la chasse d'eau et pendant une demi-heure elle envoie des SMS avec son portable. Des deux femmes qui habitent là, c'est celle qui possède une forte poitrine, des seins gonflés sur un corps très mince. Je le sais car si je n'ai jamais vu son visage ni ceux des deux autres, l'été elle s'installe ainsi, toute nue, et entre deux SMS elle observe la pointe sombre de ses seins, comme si elle s'inspirait de leur beauté pour envoyer ses messages.

Cette pièce me fait penser à un boudoir. Elle est cependant tout le contraire d'un endroit où l'on viendrait bouder. Ils adorent être là, seuls ou ensemble, et je suis persuadé que cette pièce où ils se mettent nus, même pour rêver, est de loin leur préférée.

J'ai entendu récemment sur France Inter un psychanalyste dire que les hommes étaient traversés toutes les six minutes par une pensée sensuelle ou érotique, les femmes n'étaient dérangées par de telles pensées que toutes les neuf minutes. Il n'a pas eu le temps d'expliquer cette différence, avantage ou dérangement, car c'était l'heure des informations.

Avec une fenêtre comme celle-ci, juste en face de ma cuisine, c'est plutôt toutes les trente secondes que je suis bombardé par une pensée brutalement sexuelle. Et je ne compte plus les fois où l'odeur du brûlé envahit brusquement mon appartement et où je plonge pour couper le gaz sous une casserole qui déborde.

Pendant une demi-heure je suis incapable de détacher mes yeux de ce corps splendide, presque abandonné. Puis en un éclair la jeune femme déroule et chiffonne un ruban de papier rose, s'essuie et file comme si le feu venait de prendre dans la salle de bains, les chevilles encore entravées par la culotte et le jean. J'ai juste le temps d'entrevoir de très jolies fesses rondes et de longues jambes qui s'enfuient. C'est drôle, c'est beau. Je souris.

L'homme aussi a son petit rituel. Lui, je ne le vois que le soir. Je n'arrive pas à savoir quel est son métier, il n'est pas habillé comme un employé de bureau. Après avoir pissé il secoue violemment son sexe au-dessus de la cuvette et doit arroser avec les dernières gouttes toutes la salle de bains. Signe de jeunesse.

Il se déshabille et essuie tout ce qu'il peut avec son slip, sol et faïence, avant de le jeter dans le panier de linge sale. Courbé, il scrute alors son sexe, longuement, sous toutes les coutures, et il monte dans la douche.

Il est aussi mince que les deux femmes qui partagent sa vie, son dos est tressé de muscles et il est tatoué derrière les bras et les jambes, là où il ne peut pas se voir…

Lorsqu'ils pénètrent dans la douche, je sais que le spectacle est terminé. Lentement les vitres de la salle de bains se couvrent de buée et je n'apercevrai plus que de vagues silhouettes de toreros faisant voler autour d'eux des serviettes-éponges.

23 novembre

Octobre a été rouge et or. Pendant trois semaines tout le monde a été ébloui. Les gens sortaient des villes et regardaient. Même ceux qui n'aiment pas la campagne sont allés aux champignons. J'ai croisé quelques citadines perchées sur de hauts talons qui s'aventuraient sur des chemins de terre ; elles remuaient les broussailles du bout d'un bâton avec une telle élégance qu'elles ne devaient pas faire une grande différence entre un lapin et une chanterelle.

Novembre éteint lentement ses brasiers. Les collines roussissent chaque nuit. Quelques chênes blancs flambent encore çà et là dans la mer sombre des yeuses, et les vignes qui étaient le mois dernier des guirlandes de feu s'endorment le long des coteaux sous trois gouttes de sang. Au loin, dans la plaine, l'or accompagne encore la brume des rivières, ce sont des peupliers, des bouleaux.

Les après-midi sont tièdes et je marche dans les collines jusqu'à la nuit. Parfois je m'égare et je cherche au loin les lumières d'un village, la lueur d'une ville.

Depuis quelque temps j'écris comme je marche, au petit bonheur des chemins que trace mon stylo.

J'ouvre mon cahier d'écolier à n'importe quelle heure du jour, j'écris la date et j'entre dans une forêt que j'invente ou que je viens de traverser.

Je n'ai pas de plan, de suite à trouver, de fil à retrouver, il n'y a ni l'architecture, ni l'équilibre d'un roman. Rien que le plaisir d'attraper un souvenir, une lumière, un peu de vie.

C'est une liberté que je ne m'étais jamais vraiment permise, écrire au fil de l'eau, des saisons, de presque rien. Écrire sans l'inquiétude d'être poliment refusé, comme je l'ai longtemps été par les éditeurs, cela n'a plus vraiment d'importance. C'est l'écriture qui a changé ma vie, ces milliers d'heures silencieuses face à un mur blanc qui soudain remue, s'anime, se déforme et devient tout aussi troublant et violent que la vie. Je ne cherche plus la reconnaissance d'une capitale si éloignée de ma vie et de ces petits chemins rouges que j'emprunte chaque jour et qui n'attendent rien de moi.

J'ai écrit mes premiers mots devant un mur, à dix-neuf ans, dans une prison militaire glacée par les brouillards de la Meuse. J'étais assis sur le ciment gelé d'une cellule et je traçais mes premiers mots sur un cahier, semblable à celui-ci, que je posais sur un tabouret.

Il n'y avait que trois choses dans cette cellule, ce tabouret, une planche scellée dans le mur pour dormir et un seau hygiénique que j'allais vider chaque matin dans les cabinets à la turque au fond de la cour de promenade.

Six mois dans cette forteresse. J'écrivais le mot

arbre et je voyais l'arbre, j'écrivais le mot vent et je sentais le vent, le mot lumière faisait entrer le ciel dans ce puits humide, et quand j'avais besoin du regard ou de la peau d'une femme je cherchais dans mon ventre le mot juste, le plus violent et le plus doux. Et les chemins rouges de Provence s'ouvraient sous mes yeux dès que l'encre sur la page en dessinait la fuite. Je me suis évadé pendant six mois sur des chemins de mots.

Je prenais mon stylo et le monde entier entrait dans ce cachot. Je n'ai jamais été seul sous les hautes murailles de la forteresse, j'ouvrais mon cahier et je voyais tout.

J'ai toujours un cahier près de moi. Il y a quarante ans que j'achète des cahiers aux fines lignes rouges, violettes et bleues. Je prends peu le train et encore moins l'avion, j'entre dans mes cahiers comme on pousse la grille d'un parc, de quelque territoire magique. Ils sont bruissants d'arbres, de vent, de villes et de lumière. Chaque page est plus bruyante qu'une gare ou qu'un port. Quand je me réveille la nuit, je n'éclaire pas, je ne bouge pas, j'écris sous mes paupières, je dessine des mots de lumière sur la page obscure d'une insomnie.

J'ai travaillé pendant dix ans dans un hôpital psychiatrique de Marseille. Auxiliaire, élève infirmier, infirmier. Depuis la forteresse au bord de la Meuse j'ai toujours un livre au fond de ma poche, comme la main d'une mère que l'on peut caresser et saisir à tout moment, pour écarter le froid, la solitude.

Plusieurs fois par jour je m'enfermais dans les cabinets du pavillon 13. Je m'asseyais sur la cuvette, loin du tumulte des fous, et je reprenais ma lecture jusqu'à ce qu'une infirmière vienne tambouriner à la porte des toilettes : « René, tu es encore malade ?... Mais qu'est-ce que tu manges en ce moment ?... »

Elles ont fini par comprendre que j'étais drogué de mots, de songes et que j'avais besoin deux ou trois fois par jour de ces instants hypnotiques.

S'il y avait un coup dur j'étais là mais il fallait très vite que je retourne rêver. Les infirmières préféraient parler de leurs enfants, de leurs amants, dans le vestiaire, une tasse de café dans la main. Elles ont été soulagées de m'abandonner le cahier de rapport sur lequel nous devions consigner les événements de la journée pour les infirmières de nuit.

Chaque soir je m'enfermais à double tour dans la pharmacie. Commençait alors le plus beau moment de ma journée : j'ouvrais le cahier de rapport.

Pendant des années ce cahier m'a rendu heureux, j'y racontais à ma façon toutes les acrobaties de la démence. C'est là, dans le silence de la pharmacie, que j'ai appris sans le savoir mon métier d'écrivain. Je ne sais pas ce qu'est devenue cette grimaçante et baroque galerie de portraits. Dort-elle aujourd'hui dans une armoire métallique de l'administration ?

Je parlais de nos malades avec légèreté, désinvolture ou cruauté, pour faire rire les infirmières de nuit. C'était pour moi une manière de les séduire, j'adorais les mots « infirmières de nuit », leur monde m'apparaissait plus mystérieux que celui que je côtoyais. Je les imaginais troubles, secrètes et quelque peu perverses pour venir se plonger chaque nuit dans les eaux noires de la folie. Sans doute n'étaient-elles que des mères de famille épuisées qui avaient choisi la nuit pour se reposer quelques heures dans un coin du vestiaire, sous le râle bestial d'un lourd sommeil chimique.

Je racontais comment tel schizophrène s'était jeté par la fenêtre pour échapper à un incendie imaginaire. Comment l'alcoolique en pleine cure de dégoût avait fait rentrer trois bouteilles de pastis par un trou dans le grillage. Avec quelle fureur notre grand paranoïaque avait poursuivi à travers tout le parc, jusque dans la buanderie, un surveillant, avant de lui casser en petits morceaux un balai sur le crâne. Ou comment le maniaco-dépressif qui avait volé les vêtements de toutes les folles du pavillon avait changé vingt fois de robes, de bas et de maquillage dans la journée, avant de s'écrouler sur une chaise où il allait certainement demeurer pendant un mois, la tête sur la poitrine, les bras le long du corps. Comment le débile profond avait fourré son sexe énorme dans la bouche grande ouverte d'un mort.

Je remercie les infirmières de jour de m'avoir permis chaque soir, pendant des années, de m'enfermer avec le cahier de rapport et celles de nuit d'avoir été mes toutes premières lectrices.

Peut-être qu'aujourd'hui encore j'écris pour étonner, faire rire et séduire les infirmières de nuit. Comme je remercie l'aumônier de la prison militaire de m'avoir apporté mes premiers livres et mon premier cahier.

Décembre

1er décembre

Je suis étonné chaque matin par les grandeurs violettes de l'aube, puis par la vitesse du soleil. Je bois mon café dans un bol rouge qu'Isabelle m'a offert et je regarde.

D'une étincelante pointe de feu le soleil allume d'abord un chêne au sommet des collines, seuls les chênes ont résisté aux flammes. Il dévale à une allure folle les restanques que l'incendie a nettoyées jusqu'à l'os, disparaît un instant dans un vallon noir, ressurgit, reprend sa course le long des terrasses, blondit la première maison au bord de la colline et en trois bonds toute la ville est blonde.

L'œil rond et blanc de l'horloge éclate sur le beffroi, et je vois l'iris des heures, comme s'il était juste derrière ma vitre. J'ai encore mon bol rouge dans les mains, à peine moins chaud, et la lumière est partout, sur les cheminées, les tuiles, la cime presque nue des platanes.

Hier il a plu tout le jour, des trombes d'eau, la ville était grise, rouillée. Ce matin elle est propre. Chaque nuit elle est bleue, sous trois clochers de cuivre. Une ville dans la main profonde des collines.

Il y a un instant deux pigeons s'embrassaient à coups de bec, rageusement et en déséquilibre sur le bord d'une toiture. Étrange oiseau blessé qui agitait quatre ailes avant de s'ouvrir en deux.

Et mon regard, tout naturellement, a glissé du toit vers la meurtrière rectangulaire de la salle de bains de mes trois voisins d'en face.

Le jeune homme avait pris sa douche, une serviette-éponge nouée autour de la taille il vidait, plié en deux, le sac de linge sale. J'ai cru qu'il le triait mais il n'était intéressé que par les culottes des filles. Il les observait longuement, à l'endroit puis à l'envers, tendues entre deux doigts, et devait les approcher de son visage, que je ne voyais pas, pour les renifler les unes après les autres, tout aussi consciencieusement.

Je me suis demandé, une fois de plus, s'il était l'amant de l'une, des deux, ou s'il n'était que le confident d'un couple de lesbiennes. Tout est érotique et mystérieux dans cette salle de bains. Ils se déshabillent, se regardent, se frôlent mais tout n'est qu'esquissé. Je comprends la curiosité ou le désarroi de cet homme, peut-être son supplice…

Le désir est partout, sur et sous les toits, à toute heure du jour et de la nuit, frénétiquement, sans trêve ; dans les pattes rouges des pigeons qui griffent le zinc des gouttières, les hommes qui s'extasient dès l'aube devant de fragiles triangles de dentelle. Et c'est seulement ce que j'ai sous les yeux, de l'autre côté de la ruelle.

J'imagine les milliers d'alvéoles qui m'entourent et qui doivent crépiter des mêmes désirs, et cela par-delà les mers et les collines dans des villes blondes, grises ou bleues.

3 décembre

Isabelle m'a appelé ce matin pour me demander s'il m'était possible de garder son père pendant qu'elle était à l'école, la dame qui s'en occupe d'habitude était grippée.

Ce n'est pas une corvée pour moi de garder Lili, quand cet homme avait toute sa mémoire il m'a appris beaucoup ; aujourd'hui je sais greffer un pêcher, le tailler, lutter contre la mouche de l'olivier, reconnaître au plus profond du ciel la lente spirale d'une buse et celle du dernier milan noir.

C'est surtout le visage d'Isabelle que j'aime, il possède la douceur lointaine des plus beaux soleils d'automne. J'aime écouter sa voix lorsqu'elle me parle ou chantonne. Elle s'adresse à Lili comme s'il comprenait tout et lui aussi la regarde comme le soleil, sans savoir que c'est sa fille. Il la regarde car chacun de ses gestes est paisible et joli. Il vit dans la lumière et la paix d'Isabelle.

Nous avons mangé gaiement tous les trois sur la table ronde de la cuisine, un gratin d'aubergines et un gâteau aux pommes qu'Isabelle avait préparés tôt le matin, avant de lever son père et de partir à l'école. Ces moments sont si beaux que je pourrais garder Lili tous les jours.

Dès que sa fille a disparu il a voulu sortir. Malgré ses petits bras tout maigres je n'ai pas pu le retenir, sa force est encore étonnante et quand il a une idée dans sa tête en lambeaux, c'est une mule.

Il a passé sa vie dehors à chasser, labourer, planter, regarder le ciel puis la terre, la terre puis le ciel. Il ne saurait rien faire à l'intérieur d'une maison, il n'y venait que pour dormir quelques heures, manger sur le pouce et repartir vers les champs glacés ou brûlants. Ses grosses mains n'ont jamais rien touché dans cette cuisine, ni casserole ni balai, on ne le lui demandait pas.

Il était chez lui dans le hangar où sont encore tous ses outils, propres, rangés, tels qu'il les a laissés. Le fer des haches et des pioches étincelle dans la pénombre et les manches d'érable sont soyeux de travail, plus doux sous le cal de ses mains, après tant d'années, que la peau d'une fille.

Le mistral s'était levé mais j'avais mis à Lili sa grosse veste polaire, sa casquette et son écharpe. Il était fasciné par les tapis de glands que le vent amassait sous les chênes. Il m'a dit :

« Il y en a, des amandiers…

— Des glands ?

— Ici on dit des amandiers, s'est-il insurgé… On est chez Bouffier ici ?

— C'est Bouffier ou toi qui as planté ces arbres ? lui ai-je demandé.

— Ah non, c'est Gaubert ! On m'a mis ici, on s'est trompé, on m'a pris pour Gaubert... Je m'en vais. Tu restes ici toi ? »

D'habitude il me prend pour un autre, aujourd'hui c'est lui que l'on prend pour un autre.

« Allez, prends tes affaires et filons ! On n'a rien à faire ici ! Ah ! Nous sommes jolis ! »

Quand je travaillais à l'hôpital psychiatrique, je promenais deux fois par jour les malades dans le parc et j'étais habitué à ces dialogues absurdes. Ils sont très reposants lorsqu'on ne cherche pas à tout prix la trace d'une quelconque cohérence. Les fous ne nous jugent pas, on peut faire et dire avec eux n'importe quoi, rien ne les étonne ni ne les dérange.

C'est très reposant de se promener avec quelqu'un qui peut entendre le pire de nous-même et qui ne s'offusque pas plus que si on lui demandait s'il a faim, s'il a soif.

Si j'avais tué quelqu'un ou fait quelque chose de très grave, j'irais le dire à un fou dans le jardin d'un asile ou à Lili, ici, dans le silence des collines. Et mon geste perdrait d'un coup son poids insupportable. Un homme ou une femme aurait recueilli mes aveux et la terre n'en poursuivrait pas moins son paisible voyage.

Lili me répondrait peut-être en patois, ainsi qu'il le fait souvent, et mon crime en serait encore plus léger, comme estompé par les brumes si douces de la mémoire.

Lili a interrompu mes réflexions par une phrase que j'ai trouvée aussi insolite que belle :

« Il y a cent ans que je fais le marin sauvage sur tous les chemins. Il y a plus rien dans les hameaux et dans les plaines. »

Je crois que j'ai senti ce qu'il voulait exprimer, ce qui surgissait de son cœur et qui allait tout droit vers mon cœur de pirate. J'ai pris mon stylo dans ma poche et j'ai écrit ses mots dans le creux de ma main pour ne pas les oublier et les dire à Isabelle quand elle sortirait de l'école. Elle est très heureuse de voir que j'aime son père et que je ne le traite pas comme un débile ou un dément.

Alors que nous cherchions les derniers rayons du soleil, deux femmes très rondes sont passées en riant sur la route derrière la maison. Lili m'a dit :

« Si elles posaient leurs paniers, on pourrait s'arranger avec elles. Elles se laisseraient faire… »

Mais un instant plus tard il avait oublié cet élan de jeunesse :

« Bon, maintenant je vais rentrer, ma mère va s'inquiéter.

— Et ton père ?

— En ce moment je le vois pas souvent, il doit ramasser les olives du côté de Boutre. »

J'étais heureux avec Lili dans le mistral glacé de ce début décembre. Je guettais la 206 grise d'Isabelle qui débouche peu après cinq heures du chemin du cimetière puis nous prépare un chocolat chaud avec des tranches de pain d'épice avant de nous appeler comme ses enfants, par la fenêtre de la cuisine.

Maintenant que je suis seul, si Isabelle me le demandait je viendrais sans doute vivre avec eux dans cette petite maison au bord de la colline. Dans la journée je m'occuperais des arbres et de Lili. La nuit sur mon cahier d'écolier je parlerais d'Isabelle, de sa beauté discrète, de l'intelligence de ses gestes, de son extraordinaire lumière. Je me réveillerais la nuit pour écouter et comprendre son cœur sauvage.

4 décembre

Ma mère est morte un 4 décembre à onze heures du soir. C'est le jour le plus difficile de l'année.

Le ciel était limpide ce matin. Le mistral lançait dans l'azur les dernières feuilles mortes des platanes, l'une d'elles est entrée par ma fenêtre ouverte et a couru comme un oiseau d'or sur la terre cuite du salon.

Quand ma plus jeune fille vivait là, cette date était moins dure à affronter. Elle partait à l'école comme n'importe quel autre jour, revenait et je l'aidais à faire ses devoirs. Elle s'en débarrassait vite afin que nous puissions jouer. Nous avons longtemps joué à cachette, pourtant ce n'est pas bien grand ici, nous faisions semblant de chercher pour faire durer le plaisir.

Le mercredi et le dimanche nous allions nous

cacher dans les collines au-dessus de Manosque. Je suis heureux que ma fille ait grandi dans une petite ville au milieu des forêts. On passe sous un porche historique coiffé d'un campanile, on longe un boulevard où des lycéens marchent, s'embrassent et rient du matin au soir, on aperçoit les cyprès d'un cimetière derrière un mur, quelques croix blanches, on dépasse un stade de rugby, des pommiers sauvages et brusquement le boulevard s'arrête sans expliquer pourquoi. On continue sur un étroit chemin de terre qui s'élève entre des chênes et des buis verts ou corail.

Pour se cacher Marilou ne s'éloignait pas, elle avait un peu peur dès que nous quittions les derniers jardins et villas et je la voyais toujours dépasser d'un tronc d'arbre ou d'un taillis. Je grimpais au sommet des pins et je la regardais tourner en bas, heureuse et frémissante, très vite inquiète.

L'hiver nous rentrions tôt à la maison pour jouer sous la lampe au mikado et au Tic Tac Boum. Dès qu'elle a eu dix ans elle s'est passionnée pour le Trivial et surtout le Monopoly. Nos parties de Monopoly pouvaient durer jusqu'à deux heures du matin, le lendemain je ne la réveillais pas. Parfois je la laissais un peu tricher pour ne pas lui gâcher la soirée. Elle était fascinée par les Champs-Élysées et la rue de la Paix, elle y entassait maisons et hôtels dans un état de transe. Quand je possédais ce quartier luxueux elle ne fermait pas l'œil de la nuit. Ma mère aussi devait me laisser tricher aux cartes, je ne m'en suis jamais aperçu.

Ce matin je me suis installé dans la chambre de ma fille pour écrire. J'ai posé mon cahier sur son bureau, légèrement tourné vers le salon, comme elle le faisait pour me voir déambuler, lire ou regarder la télé.

Je n'ai jamais écrit sur ce joli bureau blond surmonté d'une dentelle de tiroirs, étagères, petites portes et casiers. Il doit même y avoir des cachettes qui gardent les secrets de son enfance. J'ai été bien toute la journée face au petit temple blond de Marilou. Ma mère était avec nous.

Je me suis assis là parce que nous sommes le 4 décembre, je crois que je vais y passer l'hiver. Je poserai mon bol rouge près de moi et j'écrirai au milieu des peluches de ma fille, l'ours blanc et le brun, le perroquet rouge que nous avions gagné à la fête foraine de Vinon et son minuscule chat noir aux yeux ronds, naïfs et bleus qu'Isabelle lui a acheté à la montagne.

J'écrirai chaque jour tout près des premiers livres que je lui ai lus, les *Martine* et *Ernest et Célestine*. Elle adorait ce couple si tendre qui lui faisait penser à nous et chaque soir nous lisions de nouvelles histoires, blottis l'un contre l'autre sur le canapé bleu du salon, comme ma mère m'avait lu durant tout un hiver *Sans famille* d'Hector Malot qui me faisait autant pleurer que les films de Charlot qu'elle m'emmenait voir le dimanche dans les beaux cinémas de Marseille.

14 décembre

Voilà plus d'une semaine que je n'ai pas touché mon cahier, il est resté fermé sur le bureau de ma fille. Je suis parti à Nice avec ce vieux brigand de Tony. Il nous avait réservé deux chambres dans un hôtel confortable et discret, à trois pas de la promenade des Anglais.

Tony voulait que nous soyons seuls pour relire page par page, stylo en main, l'épaisse autobiographie qu'il vient enfin d'achever. J'emploie le mot stylo car je ne sais pas travailler sans une feuille blanche devant moi et quelque chose dans la main.

Lui ne sait plus rien faire sans son ordinateur portable. On pourrait croire que c'est moi qui viens de passer vingt-sept ans dans une cité oubliée, derrière de hauts murs. Les gros voyous m'ont toujours étonné, ils sortent de prison, enfourchent une grosse cylindrée et foncent à deux cents à l'heure sur la première autoroute qui s'ouvre devant eux. Il me semble qu'à leur place je ne saurais même plus traverser une rue, entrer dans un restaurant sans tout renverser. Tony voyage dans son ordinateur comme n'importe quel jeune d'aujourd'hui.

Il m'a dit : « Tu vas m'aider à mettre tout ça en place et surtout en bon français mais considère que nous sommes d'abord en vacances. Tu choisis les plats, les vins, les balades, et quand tu en as marre de mon pandémonium, tu te retires dans ta chambre ou tu vas faire un tour au Casin. J'ai besoin d'un professionnel, deux ou trois heures par jour, tous les frais sont pour moi. »

Il aime bien placer un mot qu'il a découvert la veille dans le dictionnaire, j'en retrouve souvent au fil de ses chapitres. Il est étonné que je les traque et les supprime mais ça sonne faux, ça ne lui ressemble pas : « Parle de la prison comme elle s'est incrustée dans ta chair pendant des années, parle de sa cruauté, de sa saleté, de ses odeurs, n'essaie surtout pas d'être élégant ou raffiné.

— Et tu crois que tu vas me trouver un éditeur si on enlève les belles formules ? »

Il me fait rire : « C'est ta vie qui intéresse les éditeurs, pas les formules savantes. C'est la vie qui est littéraire, même lorsqu'elle sent mauvais et qu'elle fait peur. Parle du crime avec des mots poisseux de sang et du cachot avec des mots aussi froids que la pierre. »

Dans l'hôtel où nous étions il n'y avait qu'une vingtaine de Japonais et nous deux. Nous les retrouvions chaque matin vers huit heures dans la salle du petit déjeuner. Tous les hommes étaient vêtus de costumes sombres, de chemises claires et de larges cravates criardes. Tous portaient des lunettes à très fines montures. Comment les distinguer ?

Les Japonaises sont menues et élégantes, elles se déplacent vite sur des talons hauts. Leurs tailleurs sont très bien coupés. Pas une seule n'est obèse ni vraiment jolie. Elles ont toutes de petites poitrines mais leur discrétion les rend très excitantes.

Avec Tony nous nous donnions rendez-vous assez tôt pour ne pas les rater. Qu'est-ce qu'elles peuvent avaler au réveil comme fruits et laitages, consciencieusement, les paupières baissées ! Nous les intriguions. Tony a un visage qui peut faire peur. Parfois on dirait un mort. Il a vécu si longtemps comme un mort.

En une seconde tous disparaissaient on ne savait où et nous restions seuls, dans un salon nappé de blanc où une jeune serveuse à l'accent russe desservait pendant que nous trempions toutes sortes de viennoiseries dans de grandes tasses de café noir.

J'aime ces hôtels feutrés, discrets, presque luxueux, que l'on trouve en province, on a chaque jour la sensation de recommencer sa vie, comme dans les romans de Simenon. Personne ne se connaît et tout le monde s'observe sans en avoir l'air, même les couples sont étranges. Tout peut arriver. J'ai appris mille choses étonnantes en bavardant avec les maîtres d'hôtel dans ces belles salles à manger presque vides, un soir d'hiver.

Pendant une semaine nous avons eu un temps splendide, bleu et doux. L'hiver à Nice... Un temps de fleurs et de palmiers.

Vers dix heures nous partions déambuler autour du port où se reflète toute l'Italie. Il y a des couleurs partout, sur les barques, les façades, les balcons et toutes ces couleurs dansent dans l'eau.

Tony a marché durant la moitié de sa vie dans la cour des prisons. Nous sommes allés chaque jour dans un tout autre décor. Nous contournions le port, puis les quais d'où partent pour la Corse les grands ferries jaunes ou blancs. Nous longions le front de mer et les rochers où éclatent les premières vagues. Les petits immeubles chics sous les bosquets de pins cèdent la place à de somptueuses villas dont les jardins dégringolent en terrasses jusqu'à la mer. En décembre on voit des oranges et des citrons sur de petits arbustes encore très verts et des grappes de fleurs écarlates embrasent les façades.

Vers midi nous nous arrêtions dans une baraque à sandwiches et nous achetions des pans-bagnats.

« Manger un pan-bagnat comme celui-ci en regardant la mer, m'a dit Tony, voilà la liberté, celle dont je rêvais chaque jour aux gamelles. Ces baraques pour milliardaires, j'aurais pu en acheter dix à divers moments de ma vie, j'ai fait d'autres choix, je ne regrette rien. J'ai ce pan-bagnat, cette lumière, je suis avec toi et surtout, je suis toujours vivant. »

Tous les cent mètres nous nous accoudions à la balustrade. Des Niçoises de tous âges viennent offrir au soleil, chaque jour d'hiver, de magnifiques corps bronzés. Elles s'étendent, dégrafent leur soutien-gorge et s'endorment la tête sur leurs mains à l'abri des murs et des rochers.

Quelques hommes plongent, nagent et se hissent sur des blocs de béton, les muscles étincelants.

Tout est si beau, si vaste ici. Parfois cependant

je sens que Tony est reparti en prison. Il n'est plus là. Je lui parle et il ne m'entend pas. Je le laisse un moment tourner dans une de ses cellules, puis il revient.

Il me regarde étrangement avec un visage de pierre tombale, se racle la gorge. Il appelle cela le décalage horaire.

J'ai connu ça avec les épileptiques lorsque je travaillais à l'hôpital psychiatrique. Tony n'est pas malade mais il s'absente très souvent. C'est tellement grand ici, tellement brutal.

Chaque soir nous sommes allés dans un restaurant que tiennent des amis à lui, contre une église derrière le port. Tony connaît autant de monde ici qu'à Marseille, et là non plus je ne l'ai pas vu payer. A-t-il payé l'hôtel où nous sommes restés une semaine ?

Quoi qu'il en soit j'ai mangé dans ce restaurant des soupes de poissons de roche et une daube à la niçoise avec des raviolis sauce au pistou que je ne suis pas prêt d'oublier. Voyous ou pas ses amis savent tenir une casserole.

Un soir dans un petit salon de l'hôtel où nous nous installions pour faire défiler sa vie sur l'écran de son ordinateur, je lui ai dit : « Toutes ces armes dont tu parles pour ces braquages, règlements de comptes, tu sembles bien les connaître. Tu as été souvent armé ?

— J'ai toujours été fidèle au Beretta depuis quarante ans, c'est une arme fiable et robuste, un peu passée de mode mais très efficace. 9 mm parabellum, tu trouves des munitions partout.

Un jour que nous serons seuls dans la campagne je te le ferai essayer. Tu as déjà tiré ?

— À l'armée, avec un pistolet automatique qui me faisait sauter le bras.

» Tu t'es déjà fait tirer dessus ?

— Par les flics, pendant le casse d'une bijouterie, ils nous sont tombés dessus par hasard et nous ont allumés. J'ai pris deux bastos dans le dos et j'ai failli y rester. Figure-toi que c'était mon anniversaire, dix-huit ans ! Depuis je n'en ai plus fêté un seul. Ne me demande pas mon âge... »

Je n'ai pas osé lui demander non plus s'il portait sur lui son Beretta lorsque nous marchions pendant des heures sur le front de mer et que n'importe qui pouvait s'arrêter et l'abattre, surtout lorsque nous nous penchions pour regarder lire ou dormir ces femmes aux corps sombres de soleil et de vent.

Même les nuits sont douces à Nice en hiver et les gens flânent dans les rues jusqu'à trois heures du matin. De la fenêtre de ma chambre j'apercevais les lumières rouges des voitures, chapelets de groseilles à travers le feuillage d'un parc.

Dans le jardin de l'hôtel les arbres étaient noirs et vibrants d'étourneaux. Quand j'ouvrais ma fenêtre et claquais dans mes mains, un nuage d'oiseaux s'élevait et allait tourner autour des dômes roses et verts du Negresco, dans un vacarme qui couvrait tous les bruits de la ville.

Chaque soir j'ai regardé le soleil disparaître derrière l'aéroport, faisant de chaque palmier un feu d'artifice et de chaque avion qui décollait une étincelante croix de cuivre debout sur l'horizon.

16 décembre

Aujourd'hui j'étais invité dans un collège de Marseille, pour parler de mes romans avec des élèves de troisième et de quatrième. Âge difficile, dans un établissement encore plus difficile, au cœur d'un quartier dit très sensible…
Sensible, quel mot élégant pour qualifier quelque chose qui fait de plus en plus peur ! Dans ces quartiers j'ai grandi, joué au ballon, caressé les premiers seins de ma vie. Je m'y suis battu chaque soir comme un chiffonnier, tous les minots se battaient pour une bille, vingt centimes, un caramel, et les blousons noirs se donnaient rendez-vous par centaines sur les terrains vagues pour s'estropier à coups de chaînes de vélo.
Combien de fois suis-je rentré à la maison les arcades sourcilières et le nez éclatés ? Sensibles… Les quartiers pauvres l'ont toujours été et les pauvres ont toujours fait peur. Nous buvions deux pastis, ils prennent de la cocaïne. Nous avions des chaînes de vélo, ils ont des kalachnikovs. La différence est nette et le rêve des adolescents n'est souvent pas plus grand aujourd'hui qu'un billet de cinquante euros. J'admirais le Che. Ils adulent Scarface. Qui leur a fait croire

que la justice c'était moins bien que des robinets en or ? La journée s'annonçait rude…

Avec les enfants des écoles primaires on peut faire parler les chats, les loups et les oiseaux, une souris peut tomber amoureuse d'un ours. Avec les lycéens on peut gentiment tripoter le mot philosophie. Avec les collégiens on traverse un champ de mines. Essayer de faire parler les souris…

Dans chacun de leurs corps c'est une révolution hormonale digne de 1789. Ça explose de tous les côtés ! Ils découvrent la puissance volcanique du sexe, le visage aspergé de boutons aussi rouges que la honte. Allez leur raconter des fariboles, tenter de comparer la métaphore avec la métonymie.

Ils sont assis devant vous et ils écoutent gronder leurs séismes, les yeux vitreux de testostérone et de folliculine… Si vous ajoutez à cela des parents qui ont lâché prise, les ont abandonnés depuis belle lurette devant un écran plasma et autres jeux vidéo…

Je plains les professeurs écrasés de diplômes qui se pointent devant eux avec le carré de l'hypoténuse et les mines de plomb du Kazakhstan.

Et cependant j'étais aujourd'hui dans un collège qui ne regarde ni les palmiers ni la mer mais une voie rapide transperçant des falaises de béton.

Il y avait devant moi beaucoup d'adolescents de couleur et ces primo-arrivants qui viennent de Tchétchénie, de Roumanie ou de quelque lointain territoire d'Afrique.

Je me suis adressé à eux avec les mots simples que je connais le mieux et qui me servent aussi pour écrire des romans.

Je ne leur ai parlé que d'eux. Je leur ai parlé de leurs désirs, de leurs gros boutons rouges, des hasards de la vie, de toutes les rencontres merveilleuses qui les attendaient, des passions plus cruelles. Je leur ai parlé de ma mère, de la tendresse et de la peur de mourir. Je leur ai raconté les voyages que j'ai faits à vingt ans, le ventre vide, sur toutes les routes d'Espagne, de Grèce et de Turquie. Je leur ai parlé de mes rêves. Je leur ai dit que rien n'était plus poétique que la vie, que rien n'était plus vivant que les mots et les livres. Je leur ai parlé de mon premier cahier.

Nous avons passé ensemble une journée de lumière et j'entendais l'unique mouche survivante de l'automne se frotter les pattes de devant dans un coin du plafond.

On peut parler à des jeunes qui arrivent de partout et dont le corps est soulevé par des hordes de désirs et de peurs indécises. Même au bord d'une voie rapide, avec très peu de mots. Des mots qui parlent de la beauté qui les attend au coin d'un immeuble ou d'une rue, dans toutes les villes qu'ils devront traverser.

Nous avons parlé de football, des mers et des montagnes qu'ils ont franchies, de cette ville de Marseille où j'ai fait à leur âge les quatre cents coups. Ils ont vu qu'il n'y avait devant eux ni un écrivain mort ni un tas de poussière, mais un homme avec du sang, des rêves et un stylo. Je crois qu'ils ont senti que j'allais chercher dans mes cahiers ce qu'il n'y a pas dans la vie et ce qu'elle nous offre de plus grand. Nous écrivons tous un jour ou l'autre dans un cahier pour réveiller la partie de nous-mêmes qui ne s'exprime pas dans la vie.

20 décembre

Je suis allé passer trois jours chez ma fille à Montpellier. Elle habite depuis la rentrée de septembre dans un appartement jaune sous les toits, à deux pas de la gare, en face d'un jardin public fermé par une grille. C'est un quartier d'hôtels modestes, de sex shops et de sandwiches, comme dans toutes les villes autour de toutes les gares.

La cage d'escalier de son immeuble 1900 est vaste, une verrière pyramidale éclaire des fresques éteintes sur les murs et des coulées de rouille, elle n'a pas été repeinte depuis un siècle et plus personne ne fait le ménage dans ces corridors. Les appartements bourgeois ont été transformés en chambres d'étudiants.

Ma fille vit là avec trois autres étudiants, deux jeunes filles et un jeune homme timide et délicat, presque fragile. Il se réfugie facilement dans sa chambre pour lire des revues historiques en écoutant Bob Marley. J'ai trouvé le frigo vide, ça n'a pas l'air facile tous les jours.

C'est un appartement tout en longueur, d'anciens greniers aménagés où l'on doit étouffer au mois d'août, aucune fenêtre, des Velux partout.

Sensation étrange de comprendre soudain que Marilou désormais n'habitera plus avec moi mais avec des inconnus et sans doute un jour une nouvelle famille, dans des appartements comme celui-ci, dans d'autres villes et peut-être de lointaines contrées.

Montpellier est une ville qui vous rend vieux tant la jeunesse pullule. D'intarissables flots d'étudiants coulent jour et nuit par toutes les ruelles penchées vers la place de la Comédie. Chaque vraie ville possède une esplanade pareille à celle-ci où se nouent et se dénouent sans cesse les plus banals et beaux drames d'amour. On vient s'effondrer à minuit sur les marches de marbre du théâtre, le cœur lacéré parce qu'un bel étudiant de deuxième année n'a pas répondu à vos derniers SMS.

J'ai acheté à Marilou une affiche rouge. Le visage sensuel et apeuré de Penélope Cruz dans *Los Abrazos rotos* de Pedro Almodóvar. On vend des affiches de cinéma d'un bout à l'autre d'une rue, les étudiants décorent leurs chambres à peu de frais. Nous l'avons punaisée au pied de son lit.

J'ai jeté un coup d'œil rapide sur son agenda. Chaque jour elle écrit quelques mots d'une chanson, parfois elle parle un peu d'elle, un peu d'amour.

J'ai vu qu'elle lisait *Clair de femme* de Romain Gary, le livre était ouvert sur son bureau. Elle a interrompu sa lecture sur ce dialogue que l'on pourrait attribuer à Samuel Beckett :

« Écoutez Galba, je vous dis que je vais m'occuper du chien. Vous pouvez mourir tranquille. Tout ira bien.

— Vous vous foutez de moi ? Vous connaissez quelqu'un qui soit mort tranquille ? »

J'ai lu ce roman dans le jardin de l'hôpital psychiatrique il y a trente ans, en surveillant quelques schizos et des vieilles démentes. Je l'avais trouvé mélancolique et élégant. L'errance nocturne d'un homme qui se complaît dans ses décombres. Un masochisme un peu trop raffiné pour moi. Trop de limousines, de miroirs, de bijoux autour de cette souffrance mais un beau chant d'amour à la part féminine de chacun de nous, les hommes.

J'ai pensé que ce livre ressemblait à cet appartement, où des silhouettes d'étudiants se croisent dans un couloir aussi étroit et long qu'une rue en face d'une gare.

Marilou m'a laissé sa chambre, elle est allée dormir avec l'étudiant délicat. Depuis l'école maternelle des flopées de copines sont venues dormir à la maison, ont hurlé de rire dans la salle de bains. C'est la première fois qu'elle partage le lit d'un homme. Je l'ai sentie légèrement gênée.

Elle était si heureuse enfant de s'endormir pendant que je lui racontais des histoires de loups et d'écureuils dans de sombres forêts où guettent des sorcières. Est-ce que ce jeune homme lui raconte des histoires à donner la chair de poule, blotti contre son joli dos ?

Tout arrive, même la fin de l'enfance. Mon enfant est devenue une femme. Ici c'est son appartement, sa vie, l'homme qui m'a remplacé. On ne joue plus à cache-cache dans les grands pins au-dessus de Manosque, les chocolats chauds de l'hiver elle les partage avec lui, dans les bistrots écartés où se réfugient les amoureux. Sans me l'avouer j'étais si comblé d'être le seul homme de sa vie.

Une phrase m'est revenue en mémoire : « Mon père est mort le jour où il a compris qu'il n'avait plus d'histoires à me raconter. » Dans quel livre ai-je lu cette phrase ? Je me dis que j'écrirai pour elle maintenant et qu'elle lira mes livres dans toutes les villes qu'elle traversera.

Le lendemain soir nous sommes allés tous les deux Chez Laïd, un petit restaurant arabe où il n'y a que trois tables. Nous avons commandé des beignets d'oignons, un tagine d'agneau et des aubergines au curry.

Dans le bar d'à côté des jeunes regardaient bruyamment sur grand écran l'équipe de Montpellier jouer au stade de la Mosson. On pouvait suivre le match à leurs hurlements de triomphe ou leurs sifflets.

Marilou semblait perdue dans ses pensées, elle m'a dit qu'elle venait souvent ici avec son amoureux, c'était bon et pas cher. Elle regardait la rue, comme si l'étudiant délicat allait passer. Je lui ai demandé si elle était heureuse. Elle m'a répondu oui. Il y avait un début de larmes dans ses yeux.

Je n'ai pas su si elle regrettait son enfance, cette complicité lumineuse avec moi, sans ombre. C'est beau et difficile de devenir une femme. Maintenant elle combattait seule ici. J'ai repensé à cet appartement où elles étaient trois jeunes filles, vivantes, gracieuses, enjouées, dangereusement belles.

« Tu l'aimes ?

— Sinon je ne vivrais pas avec lui. »

Elle était contente d'être avec moi, de partager chaque plat, de me faire découvrir les ruelles pittoresques de sa nouvelle ville. Nous avions sauté dans le tramway pour venir, comme elle le fait chaque jour pour aller à la fac, au cinéma.

Toutes ses pensées, je le sentais, allaient vers ce jeune homme. Dans les collines de Manosque j'avais été tout pour elle, le soleil, l'insouciance, l'éternité. Dans cet étroit restaurant arabe je n'étais plus que son père.

Pendant trois jours j'ai été le premier levé sous les Velux de cet appartement. Je préparais le café et descendais acheter des tartes au citron meringuées et des croissants au beurre. En attendant leur réveil je faisais un brin de ménage dans la cuisine et la salle de bains. Il y avait des cheveux de fille, des tampax souillés et des cotons tiges partout. J'ai même trouvé du linge sale dans la poubelle.

Il n'y avait plus de produit pour le lave-vaisselle, j'ai dû relaver chaque assiette dans l'évier. Tout collait d'ailleurs, du grille-pain aux boutons du gaz. Une facture d'électricité impayée, couverte de confiture, traînait sur le buffet depuis deux mois. On ne tarderait pas à leur couper le courant. C'est beaucoup quatre jeunes amoureux, éblouis de vie dans un même appartement.

Où étais-je à leur âge ? Je n'avais pas de soucis de ménage ni d'études. J'errais sur les routes le pouce en l'air, entre Thessalonique et la mosquée bleue. Je maraudais quelques tomates et pastèques dans les champs et je dormais dans des granges, des forêts, des entrepôts ou dissimulé sous une bâche dans le recoin d'un port abrité du vent.

31 décembre

J'étais en train de verser le café dans mon bol ce matin, en regardant le jour vert se glisser entre les nuages et les collines, lorsque j'ai entendu à la radio cette nouvelle extraordinaire : « Johnny Halliday a annulé son cancer. » Je suis resté un instant le bras suspendu à cette phrase merveilleuse. En ce dernier jour de l'année, enfin, on annonçait la lumière. On venait de découvrir la molécule qui désormais... Une fraction de seconde mes pensées ont bondi vers ma mère, puis j'ai su que j'avais mal compris.

Je terminerais donc l'année comme nous l'avions commencée, sous un déluge d'informations macabres. Une abeille butine sept cents fleurs par jour, enfin, butinait... Combien de fleurs ont disparu de nos campagnes ? La verveine de Buenos Aires est apparue sur les trottoirs, au coin des rues. On la prend pour une mauvaise herbe, on la traque et la repousse aux portes des villes. Discrètement la rose trémière hisse sa tête dans Paris. Chassés des champs, les coquelicots et les bleuets se sont réfugiés dans les cimetières. Bientôt les plus fins nectars sortiront des tombeaux. Les abeilles désertent les ruches pour bourdonner à l'abri des cercueils.

Un écrivain fait son miel de tout, la beauté et l'ordure. Pas étonnant que ce miel soit de plus en plus noir. L'écrivain a suivi l'abeille dans la cité des morts.

En quelques années j'ai vu des centaines de fois tomber les deux tours géantes de New York dans un nuage de terreur et de poussière, des centaines de fois j'ai revu une montagne d'eau s'abattre sur l'Asie du Sud-Est, un raz de marée de planches, d'arbres, de corps. J'ai vu, hypnotisé, les tapis de bombes et leurs gerbes rouges et or, si belles, la nuit sur Bagdad. Chaque jour je vois tomber de nouvelles tours, de nouvelles banques. Pendant que des millions de femmes et d'hommes tournent entre d'autres tours, sans rien voir que l'écran lumineux de leur iPhone ou leur MP3.

J'ai vu le grand poker mondial des Bourses jeter en cliquant des continents dans la famine. J'ai vu les eaux monter inexorablement, avalant des villages de pêcheurs, et les ours blancs tourner sans trouver le sommeil sur une banquise en loques. J'ai vu des cyclones arracher des forêts, et des hommes se dessécher dans de nouveaux déserts. Il y a même des endroits où on continue à couper le clitoris des femmes. Les derniers hêtres vont quitter la Provence.

Et pourtant chaque matin certains d'entre nous se ruent sur leur ordinateur pour rejoindre les autres. Quand ils les croisent dans la rue, dans la vie, ils ne les voient pas.

Qui est responsable ? Les hommes, la nature ? Le bien et le mal n'ont jamais existé dans le chaos de l'univers. Les étoiles font leur vie et s'en vont. Chacun de nous essaie de sortir un instant de la nuit, d'être aimé, d'éloigner la mort. Je ne suis ni pire ni meilleur que les autres, j'écris pour être aimé, pour comprendre ce chaos, notre folie, pour retenir ceux qui s'en vont.

La trace que je laisse n'a pas plus d'importance que la bave argentée d'un escargot. J'aime la blancheur de mon cahier, l'odeur du café dans un bol rouge et la lumière des saisons qui glisse derrière mes vitres comme si l'homme n'avait rien dérangé.

Janvier

4 janvier

Quand Isabelle a de gros ennuis elle fait appel à moi. J'aime qu'elle ait besoin de moi, parfois je l'espère, cela nous rapproche.

La dame qui s'occupe de Lili pendant la journée a chuté et s'est brisé le col du fémur. Pendant plus d'une heure elle est restée clouée au sol, dans d'atroces souffrances. Elle a tenté de ramper vers le téléphone, comme elle n'y parvenait pas elle a demandé plusieurs fois à Lili de le lui faire passer. Il lui a apporté une pantoufle.

Isabelle les a trouvés comme ça en rentrant de l'école, la dame sur le carrelage, tordue de douleur, Lili sa pantoufle à la main, un peu ennuyé par ce jeu qui durait trop longtemps.

Comme je n'ai pas grand-chose à faire en ce début de janvier glacial, je suis allé m'installer quelques jours chez elle, avec trois pulls et mon cahier. Elle m'a dit : « Tu ne peux pas savoir comme je suis heureuse que tu sois venu, j'étais perdue seule avec lui, je ne peux même pas le laisser cinq minutes pour aller au pain. Installe-toi dans mon bureau pour écrire, il est chauffé et lumineux. Le soir je te préparerai tous les gratins que tu veux. »

Je ne le lui ai pas dit mais j'étais content que cette dame se soit cassé le col du fémur, moi je peux écrire n'importe où avec trois feuilles blanches et un stylo. Ici je la regarde cuisiner, étendre le linge dans le jardin, découper des centaines d'animaux, d'arbres, de maisons et les premiers mots que liront les enfants de sa classe dans du papier de couleur. Cela me suffit.

Écrire quelques phrases chaque jour, regarder l'hiver par la fenêtre et surtout les yeux et les mains d'Isabelle. La morsure de l'hiver et la douceur d'Isabelle.

Le matin nous prenons le petit déjeuner ensemble dans la cuisine, le jour n'est pas levé, le froid écrase les murs, fait craquer les poutres, c'est un moment merveilleux qui embaume le café, la confiture d'abricots et le pain grillé. Puis elle part à l'école emmitouflée jusqu'aux yeux et je reste avec Lili qui somnole sur le canapé du salon.

J'ouvre tous les volets de la maison et je regarde sortir lentement de la brume les champs et les forêts. Où sont les grands brasiers de l'automne, ces orgies de couleurs ? Les collines et les plaines sont grises, gris les grands arbres nus, le moindre brin d'herbe, et cependant tout est aussi beau qu'il y a un mois. Le gris de l'hiver n'est pas triste, il est primordial, c'est la couleur de ce vaste silence qui annonce dans chaque racine, pierre ou goutte d'eau quelque chose d'irrésistible.

J'adore le cri rauque des corbeaux dans les prés encore blancs de givre, il soulève en moi je ne sais quels sentiments primaires et mélancoliques. Ils entendent grincer les volets et s'envolent lourdement vers d'autres labours.

Quand Lili se réveille, il me découvre dans la cuisine un bol à la main.

« Qu'est-ce que tu fais là toi ? Ah ça alors ! »

Il reconnaît mon visage mais ne sait pas que j'ai dormi là, ni qui je suis. Je lui sers une tasse de café et nous regardons les oiseaux qui viennent par couple picorer les minuscules fruits orangés des buissons ardents, juste sous la fenêtre de la cuisine. Il y a des mésanges charbonnières à tête noire et des mésanges bleues, des bergeronnettes grises à longue queue et de beaux geais fauves.

Le front contre la vitre chaque matin, Lili est comme un enfant devant le monde. Son préféré est le chardonneret aux ailes jaunes, rouges et bleues. Il me le montre émerveillé. Durant tout l'hiver Isabelle suspend des boules de graisse aux branches des arbustes et tous les oiseaux des collines viennent rebondir sous nos yeux et se livrer à de curieuses acrobaties pour attraper une graine, leurs petites têtes rondes roulent sans cesse, même à l'envers. Je n'en ai jamais vu autant et surtout de si près. Qu'il vente, neige ou pleuve ils sont là, dès l'aube, et nous pourrions les admirer jusqu'au soir. Un couple de rouges-queues s'est installé dans le hangar un peu avant Noël.

Quand Lili est épuisé il va s'effondrer sur le canapé du salon, entoure sa tête dans une couverture et se met à ronfler.

Une heure plus tard il se débat avec sa couverture, la tire dans tous les sens, jure en patois, finit par l'arracher.

Il sort de là hagard, les cheveux dressés, les yeux fous. De quelles contrées surgit-il dans cet état d'épouvante ? Il a une tête de poète ou de sans-abri. Il redécouvre la vie dans un état de stupeur. Il me fixe durant de longues minutes. Son regard bleu est alors si perçant que du plus profond de sa démence j'ai la sensation qu'il scrute la moindre de mes pensées. Puis ses yeux étincelants se tournent vers la fenêtre et il écoute, aux joints vieillis des vitres, l'âme damnée du vent. Cet homme a traversé un siècle, deux guerres et ne sait plus son nom.

« Fernand, quand j'étais petit, maigre et pas joli, ils m'en ont fait voir sur terre ! J'ai toujours été si petit ! »

Voilà ce qu'il m'a dit tout à l'heure en se réveillant, puis il m'a parlé de sa vie en patois, parfois en criant, je voyais apparaître ses deux dernières dents. Je ne lui répondais pas. Ça n'a aucune importance.

À midi et à cinq heures nous regardons vers le cimetière pour voir arriver la 206 grise d'Isabelle. De ce côté de la maison, il y a devant la fenêtre de petites amandes ovales et noires, comme des notes de musique lancées dans l'amandier.

Lorsque Isabelle est retenue à l'école par des parents d'élèves ou une réunion nous voyons la brume et les nuages monter des deux rivières, engloutir les bois, les plaines, les villages, effacer les églises et les jardins. Il arrive que juste avant la nuit les nuages soient pourpres sur l'encre de Chine d'un lambeau de ciel.

Lili a vu mon reflet dans les vitres noires. Il a sursauté :

« Regarde, Fernand, il y a un type dehors, passe-moi le fusil ! »

Je pense à sa fille qui est si souvent seule avec lui le soir. Quelle force ! Quelle tendresse ! Les déments peuplent les longs couloirs des maisons de retraite. Pendant des années ce sont des spectres qui tournent dans le néant, à la recherche de quelques ombres. Et leurs cœurs continuent de battre autour de trois images lointaines. Ils n'attendent même plus le dimanche.

Et les enfants qui viennent deux fois par semaine les faire goûter dans le salon se rendent compte qu'ils ont eux aussi rejoint le peuple des ombres. Et ils pensent à leurs propres enfants qui viendront les voir ici dans trente ans, et qu'ils ne reconnaîtront pas.

Isabelle est arrivée et nous avons préparé ensemble une soupe de potiron avec une pointe de lard et une compote avec les poires de son jardin. Je mange mieux ici que lorsque je suis seul chez moi, à réchauffer des surgelés ou faire cuire trois cuillères de Floraline.

Pendant tout le repas Lili nous a parlé de chasse, il a demandé à sa fille si elle avait déjà tué des tigres ou des pintades et la soirée était très gaie.

9 janvier

Huit heures du matin. À la seconde où j'ouvrais les volets tous les clochers de la vallée se sont éteints. Ce sont les seules lumières rougeâtres à piquer la brume de loin en loin.

De l'autre côté de la vallée les montagnes sont roses d'une neige tombée durant la nuit. Le soleil les touche à peine d'un premier rayon glacé. Autour de la maison d'Isabelle et sur les chemins qui mènent au village la neige est presque bleue. Ici les vallons sont encore dans l'ombre.

Les oiseaux sont arrivés avec le jour. Ils dansent déjà dans les buissons ardents, de plus en plus nombreux avec le gel. Une multitude de petites boules de feu rebondit sous les oliviers, ce sont des rouges-gorges affamés.

Tous les arbres sont givrés jusqu'aux plus fins rameaux, dans une heure ils étincelleront sous la lumière froide.

Depuis une semaine je vis chez Isabelle. Chaque matin elle part à l'école avec un pull de plus et je surveille Lili. Quand il dort sur une chaise ou le canapé du salon, j'écoute la radio, feuillette un livre, fait cuire des pommes de terre pour la purée de midi. De temps en temps j'ajoute un mot sur mon cahier. Cette nouvelle vie me plaît. Regarder par la fenêtre toutes les lumières des hommes et du jour. Ne pas avoir à parler, à conduire, à se raser. Ma montre ne me sert qu'à faire cuire les pommes de terre.

Dès que Lili ouvre les yeux il veut rentrer chez lui, à l'autre bout du village, dans la maison où il a grandi. Je ferme la porte d'entrée et je cache la clef. Je cache aussi celle qui verrouille la cave, les escaliers plongent dans le vide avec une raideur assassine.

Jusqu'au début décembre nous allions marcher à petits pas dans le verger, maintenant l'air reste glacial même à trois heures de l'après-midi et Lili a des poumons très fragiles. Une semaine sur deux il faut appeler le docteur et le mettre sous antibiotiques.

Entre deux sommeils il ouvre toutes les portes, fait le tour des chambres, cabinet, cuisine et recommence inlassablement. Il scrute chaque pièce comme s'il la découvrait, observe longuement chaque objet, fouille dans sa mémoire. Non, ce n'est pas chez lui ici, sa mère n'est nulle part. Il l'appelle deux ou trois fois et essaie la porte suivante, puis une autre et ainsi de suite durant des heures. Il n'atteint jamais la maison de sa mère et il la cherche indéfiniment jusqu'à ce qu'il s'abatte épuisé sur la première chaise.

Dès qu'il se réveille il n'a qu'une obsession, partir. Partir vers son enfance. La belle saison est plus facile. Il va d'un arbre à l'autre, s'assoit sur un muret, regarde les oiseaux, les fumées, les nuages. L'hiver le rend fugueur.

Tout à l'heure, entre deux portes, Lili m'a dit que son ami d'enfance, Henri Pardigon, a été massacré au bord du Verdon l'année passée. Isabelle m'a raconté cette histoire, Henri Pardigon a été fusillé au bord de la rivière en 44 par les miliciens. Les yeux de Lili étaient noyés de larmes. Lentement la vieillesse éteint tout, elle a plus de mal avec les émotions. Quand les mots ne sont plus là, il y a encore les larmes.

10 janvier

Il a neigé hier une partie de la journée et toute la nuit. Depuis que j'ai ouvert les volets les flocons sont plus lourds. La plaine a disparu, puis les villages, les dernières traces de pas dans les chemins, aucune voiture ne passe sur la route.

On ne voit plus que les troncs noirs des arbres, les bâtonnets de poteaux téléphoniques, la silhouette sombre des sapins et les érables sous leurs cosses rousses, comme des renards à l'affût de l'autre côté du champ. On entend dans le brouillard les quelques gouttes métalliques des heures qui tombent d'un clocher.

Les mésanges et les chardonnerets ne sont pas là comme chaque matin, seuls les rouges-gorges sont revenus, plus affamés ou téméraires que les autres, incandescents dans ce paysage magnifique. Les pigeons ne se posent plus dans les prés, la neige y est trop profonde. Ils se serrent sur la toiture du hangar et sur les fils du téléphone. Je n'en ai jamais vu autant. Ils semblent désorientés. Une seule pie suffit à les disperser, on ne voit pourtant voler que sa moitié noire, l'autre disparaît dans la blancheur de la terre et du ciel.

Lili regarde ébloui puis s'endort derrière la vitre de la cuisine, dans son peignoir de boxeur. Dix minutes plus tard il ouvre les yeux et dit: « C'est bien peinturé. » Il ne sait plus si c'est le paysage ou son rêve qui est blanc. Il regarde la bouche ouverte et se rendort devant tant de beauté.

Les heures passent. Juste avant la nuit la neige est bleue. Tout est bleu, les champs, les forêts, les toits du village, le ciel. On n'aperçoit plus au loin qu'un fil d'or, le clocher de Corbières ou celui de Pierrevert. Pendant un instant tous les animaux interrompent leur course à la sortie d'un bois, les sangliers, les blaireaux, les chiens et peut-être les derniers loups. Et tous ces yeux brillants fixent ce fil d'or dans un monde sans odeur, sans bruit, sans horizon, un monde calme et bleu.

Enfant je détestais l'école. Chaque soir ma mère faisait la soupe. Les vitres de la cuisine se couvraient de buée. Avec mon index je dessinais sur la buée un paysage de neige, toujours le même, une maison, un arbre, une barrière sous un ciel de flocons. J'étais persuadé que mon dessin attirerait la neige, le froid et que le lendemain je resterais au chaud à regarder ma mère cuisiner ou me lire une histoire.

Tous les soirs à l'heure de la soupe je traçais avec mon doigt ce paysage que j'imaginais blanc sur la vitre noire. Malheureusement nous habitions Marseille où il ne neige qu'une fois par an et peu et l'école était à trente mètres de chez nous, sur le même trottoir.

Je ne mettais mon pantalon long en velours côtelé que trois fois dans l'hiver, lorsque la température devenait polaire. J'adorais son odeur profonde et chaude. Tous les enfants de Marseille couraient dans les rues, en toute saison, derrière un ballon, les jambes nues, fouettées de mistral.

11 janvier

Malgré la neige j'ai fait un saut à Manosque pour regarder mon courrier. Quelques amis m'écrivent en début d'année, du Minnesota, du Québec ou de la porte à côté. La plupart du temps ce sont des femmes que je ne connais pas, elles me parlent de l'un de mes livres, de leurs lectures, de leurs vies.

J'ai trouvé dans ma boîte ce matin une lettre qui m'a bouleversé, elle évoque ma mère durant les derniers jours de sa vie. J'ai revu son visage si pâle, si bon. Chaque mot est juste dans cette lettre. Je n'ai pas pu m'empêcher de la recopier sur mon cahier.

Bonjour René,

Je m'appelle Laurence, j'ai cinquante ans. Nous nous sommes croisés il y a longtemps dans une clinique. Un volontaire de l'église de la prison où je suis détenue m'apporte deux livres, L'immoraliste *d'André Gide et* Le voleur d'innocence *de René Frégni. Je suis dans une prison anglaise depuis une année, imaginez l'émotion qui m'envahit à l'instant où je lis votre nom et immédiatement je vois un visage, celui d'une femme aux longs cheveux noirs. Un visage doux et bon. Cette femme était votre maman.*

Je me souviens exactement de sa chambre, à la clinique Toutes Aures de Manosque, la dernière chambre sur la gauche, au bout du couloir. Je me souviens de cette femme aux paroles si douces. Elle a été très importante pour moi et je n'oublierai jamais son visage.

J'étais aide-soignante, j'aimais ce métier. Chaque jour j'apportais quelques soins à votre maman, je sentais son regard, discrètement elle m'observait. Un jour elle m'a dit : « Laurence vous êtes triste, je le sens. » Je lui ai répondu : « Ça n'a aucune importance, je souhaite que vous pensiez à vous, que vous guérissiez vite, madame. » Votre maman était obstinée, elle a réussi à me faire parler de moi.

Je vivais un chagrin d'amour terrible, c'était en 1992, il y a près de dix-huit ans déjà. Je me souviens de toutes les paroles de cette femme, de son extraordinaire douceur. J'ai été surprise de tant de compassion, d'humanité, d'oubli de soi alors qu'elle allait sans doute mourir et qu'elle le savait.

J'étais muette d'admiration devant cette femme. Non, je n'oublierai jamais son visage et ses mots. Ce matin-là dans cette chambre au bout d'un couloir, votre maman a adouci ma peine. Voilà tout ce que ce livre que l'on vient de m'apporter dans ma cellule a fait ressurgir en moi. Aujourd'hui encore ses paroles résonnent et m'aident à affronter la solitude. Le titre de votre livre évoque ma propre histoire dans cette prison anglaise.

Dès que ma lettre partira j'ouvrirai ce livre. Je vais le lire avec le commencement de l'année. À bientôt peut-être.

Laurence

J'ai relu cette lettre plusieurs fois, debout sur un trottoir de Manosque. Comment oublier cette chambre à gauche, au bout du couloir, où ma mère m'attendit chaque soir pendant d'interminables semaines. Si j'avais voulu parler du visage de ma mère, de sa bonté, de la douceur de son regard, je n'aurais pas trouvé d'autres mots que ceux de Laurence. Pourtant cette femme est en prison, loin d'ici, et les jours douloureux qu'elle évoque sont encore plus lointains.

Je ne sais pas pourquoi cette femme est ou va être condamnée, ses mots m'ont permis de revoir ma mère, exactement comme elle a vécu et aidé chacun avant de disparaître. Qui que vous soyez, Laurence, criminelle, voleuse ou innocente, sachez que mon cœur est près de vous, derrière les plus terribles murs. Vous ne pouvez être qu'une femme profondément honnête, et les paroles de ma mère vous soutiendront partout, comme elles me soutiennent chaque jour.

12 janvier

J'ai préparé le café pendant qu'Isabelle était dans la salle de bains. J'aime l'entendre s'activer sous la douche, elle est si jolie toute nue. Le bruit du café qui passait se mêlait à celui de l'eau chaude qui ruisselait sur son corps. Elle a surgi dans la cuisine, enroulée dans une serviette-éponge rouge. Elle embaumait Opium que je lui ai offert à Noël.

J'ai ouvert les volets sur un paysage unique. La neige avait cessé de tomber. Le soleil surgissait des collines blanches. Nous avions sous les yeux la plus vaste joaillerie du monde. Des milliers d'hectares de pierres précieuses étincelaient. Les arbres étaient couverts de diamants, les champs et les talus, le toit de chaque maison, de chaque grange, des épées de verre entouraient la toiture du hangar. Les montagnes scintillaient au loin sous une brume rose.

Il avait dû faire un froid de loup durant la nuit pour que ce soit si beau. Les oiseaux étaient partout. Ils rebondissaient d'un arbre à l'autre, fusaient vers le ciel déjà bleu et la neige ne chutait pas lourdement sous leur agitation frénétique, comme hier, chaque rameau était pailleté de gel.

Nous nous sommes servis deux grands bols de café et nous avons regardé, debout, à travers les vitres de la cuisine. En tenant à pleines mains mon bol brûlant je pensais aux seins d'Isabelle, sous la serviette humide, si près de moi. Elle a des seins que la plupart des femmes lui envient. Ils transpercent le moindre tissu qu'elle enfile, même ses gros pulls en sont tendus.

Un gros animal avait tourné plusieurs fois autour de la maison, peut-être un sanglier, la trace profonde de sa course avait durci. Quand elles ont sonné huit coups, même les cloches étaient plus cristallines, comme si on avait accroché pendant la nuit des cloches de diamant au-dessus des églises.

Plus le monde va mal, ai-je songé, plus on est heureux d'être coupé du monde. Immobile et blanc ce matin il était merveilleux. Surtout si près du corps tiède d'Isabelle qui venait de s'appuyer contre moi.

Nous suivions des yeux un vieux paysan, de l'autre côté du vallon. Il versait de l'eau bouillante dans ses abreuvoirs gelés. « Il vit seul depuis des années, m'a dit Isabelle, avec une vache et quelques poules. » Il allait chercher de l'eau chaude dans sa ferme et revenait prudemment faire fumer les abreuvoirs.

Nous avons levé Lili et je l'ai fait déjeuner pendant qu'Isabelle se préparait pour l'école. Elle avait mis de grosses chaussures fourrées, un bonnet en laine de la couleur de ses yeux. Elle était radieuse. Radieuse elle l'est à chaque heure du jour, couverte comme un Esquimau ou une serviette-éponge nouée sur sa jolie poitrine. Nous venions de vivre un instant extraordinaire. Si simple, si lumineux.

Elle n'a pas pris sa voiture. Elle s'est retournée souvent dans le petit sentier qui descend au village, elle nous envoyait des baisers, heureuse comme une enfant qui fait craquer la neige.

Son bonheur de vivre tout le monde le voit et tous les petits de la maternelle la regardent et lui disent : « Tu es belle, maîtresse ! » Camus disait : « Les vrais adultes sont ceux qui sont restés des enfants. » Je suis un vrai adulte. Quand je la vois filer, si gracieuse dans ce paysage de cristal, j'ai envie de répéter dans ma tête jusqu'au soir : « Tu es belle, maîtresse ! »

Elle a disparu sous les érables mais nous sommes restés collés à la vitre Lili et moi.

Un peu plus tard dans la matinée, un vol épais de corbeaux s'est abattu sur le plus grand chêne de la colline. J'en ai compté trente-sept. D'où sortaient-ils si nombreux ? L'arbre en était noir, inquiétant.

Ils n'ont pas bougé de la journée. Ils étaient de plus en plus inquiétants. Même Lili qui a chassé durant toute sa vie, et en a sans doute gardé l'instinct, a fini par aller se réfugier dans le salon. Le chêne domine la maison de toute sa puissance, j'avais la sensation que les corbeaux nous fixaient. Il n'y avait plus un seul oiseau sous nos fenêtres. Même les pies si belliqueuses s'étaient éclipsées. Plus rien ne bougeait face à la sourde menace de l'arbre noir.

Un peu après cinq heures la nuit est descendue des collines, a refermé ses doigts de gel sur le vallon. Les corbeaux étaient à peine plus sombres que la nuit.

Quelques minutes plus tard Isabelle est arrivée toute rouge de froid et de marche. Je lui ai dit: « Viens voir les corbeaux. » Nous avons collé nos fronts contre la vitre. L'arbre était nu. Ils avaient disparu.

J'ai pensé qu'ils avaient attendu toute la journée le retour d'Isabelle, comme moi, pour le simple plaisir de la voir filer dans ce désert blanc. Je ne le lui ai pas dit, elle m'aurait pris pour un fou. Quand je lui dis qu'elle est belle, elle soulève les épaules et les sourcils. Sa modestie plaît aux arbres et aux oiseaux. C'est la fiancée des corbeaux.

Elle m'aurait pris pour un fou mais elle aurait éclaté de rire, son rire est plus clair qu'un paysage de neige sous les premiers rayons du soleil.

À partir de ce jour je l'ai appelée « la fiancée des corbeaux », seulement quand nous étions tous les deux. Je voulais être le seul à connaître le secret des corbeaux.

17 janvier

J'aime le dimanche. Je l'ai toujours aimé. Isabelle est restée à la maison et nous avons cuisiné toute la matinée en écoutant I Muvrini que nous adorons tous les deux. Isabelle ne comprend pas le corse mais connaît leur répertoire par cœur, tout le concert de Bercy. Nous l'avons écouté ensemble des dizaines de fois ici, chez moi. Elle le fredonne en cuisinant, en se lavant, en rêvant.

I Muvrini avait donné un concert dans la prison des Baumettes à l'époque où j'y animais encore des ateliers d'écriture sous le grand mirador. Les mille six cents détenus voulaient y assister, la salle de spectacle ne pouvait en accueillir que deux cents. Les Corses avaient été prioritaires et ça avait été un grand moment d'émotion. Les détenus et les surveillants corses mêlés pleuraient, il n'y avait plus d'uniformes, de prévenus, de longues peines, de vieux parrains. La langue et la mémoire. La révolte et la mélancolie. L'espoir de retrouver la beauté d'une île, la beauté de l'enfance.

Tous les chemins de ma vie/retournent ici pour un soir/et les désirs et les espoirs/dorment ici pour une nuit/et ce bateau qui cingle l'onde/dans son voyage à l'infini/ces voix tout près qui me répondent/la terre est belle restons ici/c'est toi aujourd'hui.

Nous avons préparé un filet mignon avec des abricots secs, des pruneaux et une sauce au miel pendant que deux grosses bassines de confiture cuisaient à petit feu : pastèque, orange, citron et pastèque, vanille. La cuisine embaumait.

Nous finissions le repas quand mon portable a sonné : Tony.

« Tu es mort ou fâché ?

— Je suis heureux !

— Alors je te pardonne.

— Je suis en train d'observer la couleur automnale et la consistance d'une confiture de pastèque dont tu risques d'avoir un pot. Elle cuit depuis le lever du jour.

— J'aime bien la confiture mais te voir me ferait encore plus plaisir.

— Je ne suis pas à Manosque, je suis à Vinon depuis Noël, chez Isabelle, ma petite institutrice préférée.

— Ah, je te dérange...

— Pas du tout, je n'ai pas dit maîtresse, j'ai dit institutrice. Tu veux monter ?

— C'était mon intention mais...

— C'est la même route, sauf qu'au pont Mirabeau tu prends la rive gauche de la Durance. À partir de Saint-Paul lève le pied, c'est du cristal, et ouvre grand tes yeux, les forêts n'ont jamais été si belles.

— Dans une heure ?

— Dans une heure au bistrot du village, le Mistral, la maison d'Isabelle est au milieu des collines, c'est un peu compliqué pour un rat des villes. »

Une petite heure plus tard nous buvions un café au comptoir du Mistral, au milieu de chasseurs bruyants, de paysans très rouges et de quelques chercheurs de Cadarache à l'accent distingué, un peu déplacés dans cette odeur d'anis, de terre froide, de sanglier.

« Depuis quinze jours j'écris avec le stylo magnifique que tu m'as offert, j'essaie d'oublier un peu mon ordinateur. Tu avais raison, on écrit autre chose d'une seule main, ce ne sont pas les mêmes mots qui arrivent. »

Je lui ai acheté un Mont-Blanc à Nice, le même que celui avec lequel j'écris depuis près de trente ans. Nous sommes ressortis sur la place du village et il m'a dit :

« Moi aussi j'ai un cadeau pour toi mais on ne peut pas l'essayer dans un salon, les mots qui en sortent font trop de bruit. »

À la malice qui allumait ces yeux clairs je ne pouvais pas avoir de doute sur la nature de son cadeau.

Nous sommes montés dans sa voiture et nous avons rejoint un chemin de terre qui grimpait dans les bois. Il a retiré un petit paquet de dessous son siège, a déplié un chiffon, il tenait dans sa main un revolver aussi noir et luisant que la bakélite du Mont-Blanc.

« C'est un 38 Spécial. J'ai d'abord pensé te trouver un Beretta, comme le mien, celui-ci est tout de même plus classe, plus esthétique et puis les barillets ça ne s'enraye jamais.

— Tu es fou, Tony, que veux-tu que je fasse d'un truc pareil ? Il est superbe mais pour l'instant je ne me connais pas d'ennemis. »

J'étais sans voix.

« Je ne te demande pas de t'en servir, chacun son métier. Quand tu écriras un polar, prends-le dans tes mains, soupèse-le, manipule-le et les mots et les idées viendront tout seuls. Ton stylo a changé mon écriture, ce petit bijou changera ta façon de décrire les tueurs... Enfonçons-nous un peu dans la forêt, tu vas l'essayer. Tu te rends compte, il y a quantité d'écrivains qui passent leur vie à raconter le crime et le sang et ils n'ont jamais tenu un calibre dans leurs mains ! »

Tony est un type déroutant, avec lui on tombe toujours un peu de la lune. Quelques instants plus tôt je dégustais une sauce au miel en touillant des confitures ; je me retrouvais brusquement au milieu des bois, un .38 Spécial à la main.

Nous avons fait quelques centaines de mètres sur un sentier qui filait entre des chênes blancs et des buis, tous les troncs étaient couverts d'un lichen d'un vert très tendre.

Cet homme qui marchait devant moi et qui était devenu un ami, avait-il un jour tiré sur quelqu'un, une pierre froide à la place du cœur ? Il avait en tout cas navigué durant toute son existence dans la pénombre redoutable du crime organisé.

Je savais qu'il avait passé dix ans dans la prison d'Atlanta, le célèbre pénitencier où avait été enfermé Al Capone, cinquante ans plus tôt, avant d'être transféré à Alcatraz.

Cet homme à l'allure si banale, si humaine, un peu voûté, qui gravissait devant moi ce chemin bordé de neige avait survécu dans un monde de rackets, d'attaques à main armée, de trafics, de prostitution, de chantages et de règlements de comptes.

Cet homme qui avait été façonné jour après jour par ce monde impitoyable était capable d'amitié, de loyauté, d'intelligence. Cet homme surgi de l'effroi cherchait à présent des mots pour comprendre sa vie. Tony était un paradoxe, une énigme. Sans doute comme chacun de nous. Il était allé un peu plus loin.

Nous nous sommes arrêtés dans une étroite clairière. Tony a sorti une boîte de balles, rempli le barillet et m'a tendu le .38.

« Amuse-toi, vide-le dans cet arbre. »

Il me désignait un chêne à dix mètres de nous. L'arme était agréable à tenir, compacte, précieuse, redoutable.

Le coup est parti presque seul, mon bras a sauté. Tony a éclaté de rire.

« Raté de chez raté !… Tu as fait un trou dans la neige… Prends ton temps, ton arme doit faire partie de ton corps. Tu vises et une seconde avant de presser sur la détente tu bloques ta respiration. »

Plus calmement j'ai écrasé cinq fois la détente sans respirer. Tony s'est approché du chêne.

« Putain, tu lui as pas fait de cadeau cette fois ! Cinq dans le buffet ! Tu m'avais caché ça. Sous tes airs de poète tu en surprendrais plus d'un. Je préfère t'avoir comme ami. À dix mètres le gus n'avait aucune chance. »

Il a rechargé et cette fois nous avons retrouvé six impacts groupés. Les balles avaient pénétré jusqu'au cœur du chêne. J'étais moi-même étonné, j'avais éprouvé à chaque décharge un plaisir très vif.

« Je t'embauche comme garde du corps ! Tu

m'as bluffé. Une fine gâchette comme toi, mieux vaut l'avoir à ses côtés qu'en face. Bon, ça suffit comme ça, il va faire une crise de saturnisme, ce pauvre arbre. Je t'ai apporté trois boîtes de balles, de temps en temps tu viens ici et tu deviens l'homme le plus craint du milieu. C'est pas beau la vie ! Tu m'offres un stylo je deviens écrivain, je t'apporte un calibre et te voilà tueur à gages. Ne te fais pas chopper par les gendarmes ou le garde-chasse, c'est une arme de quatrième catégorie. »

Nous sommes redescendus en riant vers le village qu'un pâle soleil dorait. À travers le treillis des branches j'apercevais la petite maison rose d'Isabelle et de Lili. Territoire de paix aux antipodes de ce que Tony avait vécu. D'un côté les champs et les forêts, l'épuisement du travail, la joie des saisons, la douceur des jours, la confiance, la vie, chaque geste façonné pour la renaissance et la vie. De l'autre le béton des prisons et des villes, la cruauté, la solitude, la trahison et la mort. Et cependant je marchais dans ce chemin avec la sensation que je portais en moi ces deux faces du monde.

« Tu viens boire un verre à la maison, je te présente Isabelle et son père, ce sont des gens extraordinaires.

— Non non, je file à Marseille, je dois voir quelqu'un. Avec la nuit ça va geler partout. »

Tony est un peu farouche. Malgré son regard de loup il a peur de déranger, surtout des gens extraordinaires. Nous avons bu une bière au Mistral et il a filé.

En rentrant j'ai dissimulé le calibre et les cartouches sur une étagère de la cave, au milieu d'un fatras de produits de jardin dont plus personne ne se sert. Certains doivent être périmés depuis dix ans. À quoi bon inquiéter Isabelle avec ce cadeau insensé ?

Je lui ai dit que nous avions fait une grande boucle dans la colline et que le fond des vallons restait blanc et glacé. Les traces de sangliers se rapprochaient des maisons avec ce froid. Nous avons verrouillé les portes, fermé les volets, la maison embaumait encore la pastèque, l'orange et la vanille caramélisées.

21 janvier

Lili a vomi une partie de la nuit. Il était brûlant. Quand le jour s'est levé, il était dans un demi-coma. Sa poitrine faisait entendre un ronflement très gras. Il respirait avec difficulté, bouche grande ouverte. Il n'a pas pu avaler ses médicaments à la petite cuillère. Nous lui parlions Isabelle et moi mais il n'entendait pas. Son râle était de plus en plus inquiétant.

À deux heures le docteur est venu et a appelé une ambulance. Les pompiers de Vinon sont arrivés tout de suite et l'ont transporté aux urgences de Manosque. J'ai suivi en voiture leur fourgon rouge. La campagne était froide et claire.

Le médecin des urgences m'a dit qu'il tenait par un fil, son cœur était en train de lâcher. Il allait tout faire mais vu son âge et son état... Il m'a demandé de repasser dans la soirée.

Je suis allé acheter deux carnets de timbres et pendant trois heures j'ai écrit des cartes de vœux. Je souhaitais à tous mes amis force, lumière et joie, que chaque jour de cette année nous éloigne des urgences.

24 janvier

Lili est mort d'épuisement à six heures trente ce matin. Pendant trois jours il s'est battu comme un forçat. Je suis venu souvent lui parler. Je crois qu'il ne m'a jamais entendu. Il luttait. Il luttait contre la mort comme il a lutté chaque jour pour la vie.

J'ai pensé à Charlot. Lili était comme Charlot, malingre, souffreteux, plus petit et moins costaud que tous les autres et pourtant il avait gagné tous ses combats. Il était comme Charlot, courageux, intelligent et généreux, surtout généreux. Il venait de perdre le dernier round de ce dernier combat.

Une jeune doctoresse m'attendait dans le large couloir de l'hôpital, à l'étage où ma mère est morte, l'étage où pendant des mois j'ai regardé accrochées aux murs de vieilles photos agrandies de Manosque vers 1900. Pendant qu'une infirmière faisait la toilette de ma mère j'observais ces ruelles, ces places, ces fontaines, ces clochers. Une petite ville que Lili et ma mère avaient connue, à l'époque de ces photos, sans voitures, sans goudron, sous les mêmes tuiles recuites de soleil.

Le regard de cette jeune doctoresse était franc et doux. Elle m'a dit : « Il s'est éteint d'un œdème aigu du poumon. Je peux vous assurer qu'il n'a pas souffert. » Le visage de cette femme qui m'annonçait la mort droit dans les yeux était très beau, j'ai pensé qu'elle allait rendre beaucoup de gens heureux durant sa vie, sa vie qui commençait.

Elle m'a accompagné dans une chambre où l'on avait transporté Lili et m'a laissé seul avec lui. Le soleil levant inondait la pièce. J'ai à peine reconnu mon vieil ami. Il était gris. Ses oreilles et ses narines étaient bourrées de coton et ses mâchoires restaient serrées grâce à une bande nouée au-dessus de sa tête. En quelques heures il avait perdu ses couleurs, le bleu limpide de ses yeux, sa peau était plaquée sur les os de son crâne. Personne n'aurait reconnu le petit homme doré des collines.

27 janvier

Avec Isabelle je suis allé chercher Lili à la morgue de Manosque. Quelqu'un avait dû lui mettre un peu de couleur sur les joues. Il dormait dans du satin abricot.

Nous avons regardé longuement le visage de Lili. Sur ce visage il y avait un siècle de luttes, de travail, de colère, de désir, de peur, d'émerveillement, de beauté, d'innocence, d'accablement, un siècle de soleil, de gel, de vent, un siècle d'étonnement, d'amour, de lumière. Un siècle de mémoire, un siècle d'oubli.

Isabelle me serrait de plus en plus fort le bras. Elle regardait intensément cet homme pour la dernière fois. Avec lui elle avait chassé, planté, cueilli, taillé, labouré, joué, avec lui elle avait pleuré devant les récoltes brûlées par la sécheresse et le gel, elle avait ri les soirs d'hiver en jouant à l'écarté sur la toile cirée de la cuisine. Elle avait marché à côté de cet homme sur les chemins de toutes les collines pendant tant d'années pour une truffe, un perdreau, une poignée de sanguins.

Trois policiers ont assisté à la fermeture du cercueil, le plus jeune a fait fondre un bâton de cire rouge sur deux vis.

Le fourgon a ramené Lili chez lui. Presque tout le village attendait au soleil. Je me suis rendu compte en voyant cette foule à quel point cet homme était aimé, respecté.

Le cimetière est juste un peu plus bas. Nous nous sommes mis en marche derrière le corbillard. Lili était parti voilà quelques jours dans un fourgon rouge, il revenait dans un fourgon violet.

Isabelle n'avait pas lâché mon bras. À travers la vitre du hayon je voyais les gerbes de fleurs posées sur le cercueil et, se reflétant dans cette vitre teintée, ces centaines de femmes et d'hommes qui suivaient sur la petite route et le soleil sur les collines, loin derrière nous.

Maintenant le cercueil était posé devant une tombe ouverte. Il n'y avait pas eu de messe. Lili n'était entré dans une église que quelquefois, enfant, parce qu'on distribuait quelques pièces de monnaie aux enfants de chœur.

Nous avons formé un cercle autour du cercueil et nous avons écouté la seule musique que Lili connaissait, celle du vent sur les collines, le chant proche ou lointain des oiseaux, le froissement du feuillage dans les milliers d'arbres qu'il a plantés pendant près de cent ans.

J'ai pensé à cet instant à une nouvelle de Jean Giono :

Un berger, Elzéard Bouffier, plante chaque jour des arbres durant toute sa vie, des dizaines de milliers d'arbres. Des chênes, des hêtres, des érables, des bouleaux. Il s'éloigne chaque jour un peu plus de sa bergerie pour planter ces arbres dans des déserts et des landes que les hommes ont fuis.

La guerre tue les hommes, les arbres, la terre, la vie. Elzéard Bouffier chaque jour donne la vie. Il plante pendant la guerre de 14, il plante encore pendant celle de 40, il plante entre et après les guerres. Comme Lili, cet homme plante encore des arbres à plus de quatre-vingts ans. Avec les forêts les sources reviennent, puis les ruisseaux, les animaux, la vie. Les hommes remontent vers les villages abandonnés, reconstruisent les toitures, les bergeries, les fontaines.

Nous étions réunis autour d'un petit homme couché dans une boîte blonde, à trois heures de l'après-midi, sous un soleil pâle et froid. Ce petit homme n'avait pas eu l'argent, les honneurs, le succès, le pouvoir. Il avait tout eu dans la simplicité. Il avait vécu dans la lumière.

Isabelle tenait toujours mon bras lorsque quatre hommes ont fait glisser Lili dans l'obscurité de la tombe.

Février

8 février

Après l'enterrement de Lili je suis resté encore quelques jours chez Isabelle, puis je suis rentré chez moi, ici à Manosque. Janvier a été blanc, mélancolique et tendre.

Je vais reprendre ma vie dans cet appartement que j'habite depuis vingt ans. Quand je me suis installé ici, sous les toits, je m'endormais fenêtres grandes ouvertes, sans même donner un tour de clé. J'ai élevé ma fille au milieu du ciel, sous le cri strident des martinets à la belle saison, les nuages qui arrivent d'Italie comme des chevaux noirs et l'éblouissante lumière qui écrase les déserts de lavande entre Valensole et Moustiers.

Un soir j'ai donné un tour de clé, depuis quelques mois je ferme à double tour. Ma fille n'est plus là pour mettre de la musique dès qu'elle rentre de l'école. Nous avons écouté Cabrel pendant dix ans. Je marche sur la pointe des pieds afin que personne ne se doute de ma présence, pourtant l'appartement du dessous est vide depuis longtemps.

Hier soir en rentrant j'ai buté sur le corps du voisin qui habite une chambre obscure de l'autre côté de la cour intérieure. Chaque soir il est ivre mort. Il arrive jusque-là je ne sais comment et s'étale dans le couloir. Parfois je l'entends s'abattre quatre étages plus bas comme une statue de marbre. Je l'aide à se relever et je le charrie plus que je ne le soutiens jusqu'à ce qu'il s'effondre sur son lit tout habillé. J'éteins la lumière, je referme sa porte, je sais qu'il va ronfler et cuver jusqu'au lendemain.

Lui aussi est arrivé il y a longtemps dans cette ville. Je ne l'ai jamais vu rentrer avec quelqu'un. Quand je le croise dans la rue il ne me reconnaît pas. Je l'ai aperçu plusieurs fois à travers la vitre du bar des Boulomanes, il passe ses journées à regarder la rue, un verre de pastis à la main. Je crois qu'il a été charpentier dans sa jeunesse et qu'il est tombé d'un toit. Depuis il tombe tous les soirs.

Derrière le mur de ma chambre il y a un grenier que personne n'habite, pourtant j'entends du bruit entre trois et quatre heures du matin. J'ai beau coller mon oreille contre le mur, je n'arrive pas à savoir si ce sont des voix, le bourdonnement d'une machine ou simplement des rats. Mais pourquoi seulement à trois heures du matin les rats ?

La nuit j'éteins toutes mes lampes afin qu'on ne me voie pas de l'extérieur et je glisse en chaussettes d'une pièce à l'autre. Dans les maisons autour on ne se doute de rien. Je connais la vie de ces familles et de ces solitaires par cœur. Chaque soir ils répètent le même rituel, repas silencieux devant la clarté bleutée d'un téléviseur, disputes les bras au ciel, ébats pornographiques debout dans la cuisine une fois par semaine.

Toutes ces fenêtres qui s'illuminent avec la nuit... J'en ai vu en vingt ans des couples arriver inondés de bonheur. Ils repeignent murs et plafonds en s'embrassant, en s'étreignant un pinceau à la main, disposent meubles et plantes vertes en valsant puis la clarté bleutée de la télévision s'installe et l'immobilité. Un jour l'appartement est vide. Un autre couple arrive, repeint, s'embrasse. L'amour a la beauté d'un nuage. Il se forme vite, brille un instant sous une lumière de soufre et se désagrège avant d'atteindre l'horizon.

Je regarde filer sous la nuit la beauté légère des amours sans lendemains. Je vois les meubles arriver dans la clarté, la joie, ils repartent quelques saisons plus tard entre silence et désarroi.

J'ai retrouvé, avec un plaisir très trouble, la fenêtre qui plonge dans la salle de bains de mes trois voisins d'en face, les deux jeunes femmes et leur compagnon. Pour de secrètes retrouvailles j'ai été surpris. Il n'y avait pas cinq minutes que j'observais lorsque le jeune homme a fait irruption dans la salle de bains. Il a baissé son jean jusqu'aux chevilles, s'est assis sur la cuvette des W-C et s'est masturbé frénétiquement. En moins d'une minute tout était terminé. Il a essuyé son sexe avec le premier vêtement qu'il a sorti du panier de linge sale, a remonté son jean et a disparu. J'ai éclaté de rire tant la scène avait été surprenante et rapide, saccadés les gestes. Un orgasme à la Buster Keaton. Le comique venait de l'association d'une telle énergie et de la solitude.

Je n'en savais pas plus sur l'étrange relation de mes trois voisins. Les deux femmes peuvent rester des heures, culotte baissée, assises sur cette cuvette, jambes étalées devant elles, appuyées contre la chasse d'eau, elles envoient des SMS, rêvent puis bondissent vers le miroir et se contorsionnent en scrutant leurs seins, leurs fesses et leur pubis sans ombre.

Quand le jeune homme entre ici il fait tout vite. Il fume vite, fait ses besoins en coup de vent, se douche en un clin d'œil, se masturbe à la mitraillette. Il secoue son sexe si vite et si violemment après avoir uriné qu'il doit arroser même le plafond. S'il expédie l'amour comme le reste ça ne doit pas être palpitant et je comprends pourquoi il en est réduit à cet acte solitaire, si près de deux corps aussi gracieux.

Sensation douce-amère. Je suis devenu un voyeur. C'est le plus beau défaut d'un écrivain, mais à ce point… Je me mets à l'affût derrière une vitre noire et je guette la danse secrète du désir. Les leurs, le mien. Je suis un chasseur nocturne. Le gibier est si beau. Est-il aussi innocent qu'il en a l'air ?

Il faut que j'achète une paire de jumelles, c'est devenu le prolongement nécessaire de mon stylo. Les silhouettes lointaines ne me suffisent plus, j'ai besoin de voir les grimaces de la solitude, de la colère, du plaisir. Les voir de si près que je pourrais entendre de l'autre côté de la place et des ruelles les soupirs, les gémissements, les cris. Voir si près de mes yeux le trouble naître et grandir sur tous ces visages qui basculent au fil de la nuit.

C'est étrange, je suis plutôt discret, réservé avec les gens que je rencontre et ceux qui vivent autour de moi et chaque nuit j'entre chez eux par effraction, à leur insu.

En les observant je m'aperçois qu'ils font des choses que je pensais être le seul à faire, des choses qui font un peu honte.

C'est sans doute cela être écrivain, observer les autres de plus en plus intensément afin de voir plus clair en soi. Plus j'écris, plus je disparais, plus je ressemble à tout le monde. Lentement je deviens cette ville qui aborde la nuit avec ses secrets, ses désirs, ses hontes.

13 février

Il y a l'ancien charpentier devenu alcoolique qui s'abat chaque soir sur les dalles du couloir dans une épaisse vapeur d'anis. Il y a aussi la vieille dame du deuxième étage à qui je fais la bise chaque fois que je la croise dans l'escalier. Elle lit mes romans et nous discutons de tout appuyés à la rampe en noyer blond dont nous sommes si fiers. Chaque année elle gravit les marches un peu plus difficilement. Elle est heureuse de me rencontrer pour pouvoir souffler un moment. Son sourire est très doux. Elle a perdu son fils il y a longtemps dans un accident de moto. Elle en parle comme s'il vivait encore avec elle.

Hier soir je l'ai embrassée devant sa porte et pour la première fois elle ne m'a pas souri. Un visage de marbre. J'ai pensé que j'avais fait quelque chose qui lui avait déplu mais elle m'a demandé : « Vous êtes le nouveau locataire du troisième ? »

Je suis resté quelques secondes interloqué. Ses cheveux blancs étaient dressés sur sa tête, comme si elle venait à l'instant de recevoir une décharge électrique. D'habitude son petit chignon est parfait d'équilibre et de rondeur. Je lui ai dit : « Vous ne me reconnaissez pas ?… Je suis votre voisin du quatrième, René. »

Elle m'a observé longuement : « Vous ressemblez tellement au nouveau locataire… Alors vous avez loué le quatrième, tout là-haut ? »

J'ai compris, le cœur serré, qu'elle venait de s'engager à son tour sur le chemin accidenté et ténébreux que Lili avait emprunté quelques années plus tôt. Chez elle c'est arrivé brutalement. En quelques jours elle a perdu la mémoire. Elle devait fêter bientôt ses quatre-vingt-dix ans.

Elle m'a dit bonsoir monsieur en refermant furtivement sa porte, il y avait dans ses yeux de la confusion et de la peur. D'habitude elle insiste pour que je rentre un instant partager avec elle une tasse de chocolat. J'étais très peiné en refermant ma propre porte. Un jour ce sera moi.

Cette dame est si gentille que depuis des années elle nourrit les pigeons sur le rebord de sa fenêtre. Tous les voisins lui ont répété cent fois de ne plus le faire, il y a de plus en plus de pigeons dans notre ville, on parle d'un millier, les ruelles sont vertes et glissantes de fientes et l'odeur en est pestilentielle. Certains parlent de maladies que ces oiseaux pourraient transporter, d'autres insultent le ciel de bon matin en découvrant leur voiture repeinte.

Je crois que la municipalité a tout essayé, même l'introduction d'un couple d'éperviers, rien n'y fait, les vols de pigeons sont de plus en plus épais et l'acidité de leurs excréments attaque tout, le zinc des gouttières et l'argile des toits.

Ma gentille voisine continue imperturbablement d'émietter du pain dur sur le rebord de sa fenêtre.

À dix heures du matin un nuage de pigeons s'abat sur le clocher qui domine notre place. Leurs centaines de petits yeux rouges braqués sur la fenêtre du deuxième étage. Quelques instants plus tard le spectacle est étonnant, je l'ai souvent observé assis sur le bord de la fontaine ou en buvant mon café dans l'un des bistrots de la place.

Ma voisine ouvre sa fenêtre et le ciel se met à vivre. La vieille dame au chignon blanc apparaît dans la lumière et une écume de pigeons vient bouillonner autour de sa tête pâle. Une écume grise et bleutée. Les oiseaux affamés lui flagellent le visage, les bras, les mains. Leurs ailes claquent autour de ce visage extatique. Ils se posent une seconde sur l'appui de la fenêtre, lancent leurs becs et reprennent leur bouillonnement autour de cette tête magnifique.

Je dis magnifique parce que le visage de cette vieille dame pendant quelques minutes est extraordinaire. Elle offre au ciel le sourire d'une sainte. C'est une somnambule qui émiette le pain.

C'est sans doute le seul moment de la journée où elle quitte son corps, son appartement, sa triste vie. Elle communie avec les oiseaux, reçoit partout le fouet de leurs ailes et s'envole avec eux par-dessus toits et clochers dans un état de profonde béatitude. Durant quelques secondes cette femme n'a plus d'âge, de passé, de chagrin, elle est simplement radieuse.

16 février

Autour de moi le silence, le froid. J'ai passé l'hiver derrière une vitre chez Isabelle puis ici. J'ai vu arriver les bourrasques, les tempêtes de neige, les ciels éclaboussés de lumière entre les orages noirs. À la belle saison l'arc-en-ciel est un pont parfait entre deux clochers, comme si on avait construit les églises là où tombe la lumière. La ville aux sept couleurs.

Sortir acheter du pain me coûte. Dès le matin je m'enroule dans ma robe de chambre rouge en me disant : « Aujourd'hui personne ne viendra. » Cette seule pensée me comble. Du café, des livres, de longues heures à basculer d'une fenêtre à l'autre, des ciels, un stylo que je tripote, mon cahier. Il y a belle lurette que je ne cherche plus le bonheur, je cherche des jours paisibles, libres, silencieux, de lentes journées de rêve.

La réalité je l'observe à travers la vitre, je regarde les gens traverser la place dans l'aube glaciale, je les vois repasser le soir transis de froid, d'ennui. J'ai de moins en moins besoin de cette réalité, même leurs rendez-vous d'amour je ne les envie pas.

Je viens de lire une vingtaine de livres depuis Noël, de solides polars nordiques, quelques suspenses et machinations démoniaques. Entre deux romans noirs pleins de tueurs pervers qui me soulèvent les poils et les tripes, je reviens à la petite musique si personnelle d'une poignée d'écrivains que je relis depuis quarante ans et qui m'ont déjà transporté très loin.

Presque chaque hiver je tire d'une petite bibliothèque vitrée deux ou trois romans de Giono ; *Crime et châtiment* ; *Voyage au bout de la nuit* ; le *Journal du voleur*, que je connais presque par cœur. Jean Genet me parle à l'oreille de ma jeunesse sur les routes poussiéreuses d'Espagne ou glacées du Monténégro. Genet est le reflet de chacun de nous, sa solitude s'enfonce dans des villes et d'inavouables secrets où personne encore n'a eu le courage d'aller. Et puis j'ai une profonde tendresse pour tous les écrivains qui ont été des vagabonds.

Quand j'ai envie de respirer, de me perdre dans les vastes forêts du Michigan, je prends un roman de Jim Harrison, n'importe lequel, cet homme chasse, pêche, se saoule et surtout déshabille les femmes comme personne, c'est un hymne à la vie, aux grands espaces, à l'amour. Avec sa tête de bûcheron il bouscule tout et d'abord les mots. Voilà le secret, savoir secouer les mots. Les faire sortir du dictionnaire et courir partout comme du feu ou des rats.

Il y a quelques années, quand un juge s'est abattu sur moi avec ses gros livres de loi et ses yeux fuyants, j'ai relu plusieurs fois *Le procès* pour essayer de comprendre ce qui m'arrivait : « On avait sûrement calomnié Joseph K..., car, sans avoir rien fait de mal, il fut arrêté un matin. » J'ai gardé ce livre dans les mains pendant un mois. Je n'ai pas compris pourquoi Joseph K. avait été arrêté. Je n'ai pas compris non plus quel plaisir avait pris un homme à me harceler pendant de longues années. Mes lectures me font tout oublier, même la tête d'un juge sans regard et ses deux petites mains blanches posées sur le Code pénal.

Lentement l'imagination a envahi ma vie. J'ai de moins en moins de chagrins réels, de réelles joies, mes émotions vraies sont dans ces livres qui ont jauni entre mes doigts. Quelques mots me font battre le cœur plus vite qu'une rencontre, qu'un événement.

Mon armoire est pleine de vêtements que je ne touche presque plus. J'espère que le facteur ne sonnera pas vers onze heures pour me faire signer un recommandé. Quand le téléphone retentit c'est comme si quelqu'un entrait brutalement, interrompant mes voyages dans les neiges du Grand Nord ou sur le pont d'un navire.

Souvent je ne bouge pas, j'attends que la sonnerie s'arrête pour décrocher jusqu'au lendemain.

Quand on me dit : « Où étais-tu passé, j'ai appelé dix fois ? » je réponds que j'arrive d'Italie, que j'ai mal raccroché ou que j'avais quarante de fièvre au fond de mon lit. Je mens pour pouvoir rêver. Un livre, une robe de chambre, mon stylo…

Comment ai-je pu vivre des passions jadis ? Être obsédé par le visage d'une femme, envahi, dévoré par sa beauté ? Courir partout pour l'apercevoir, frôler son bras ? Aujourd'hui j'ai la passion du silence.

La passion d'amour était l'alcool de ma jeunesse. Je pouvais alors être hanté par une femme vingt-quatre heures sur vingt-quatre, ne pas pouvoir l'arracher un instant de mes pensées et ne lui adresser la parole ou ne la voir passer que cinq minutes par mois.

Une maladie qui me jetait dans la rue dès le lever du jour et m'y faisait rôder une partie de la nuit, le cœur dans la bouche.

Comment peut-on être amoureux d'une seule femme, elles sont des millions à être délicieusement jolies ? Quand on les aime, la beauté est partout.

Aujourd'hui je ne souffre plus. Je n'attends rien. Ces jeunes ensorceleuses n'existent plus vraiment, je les convoque et je les congédie. Mon imagination n'a besoin de personne.

Je tisse mes jours avec de lointaines silhouettes, des corps que je sculpte avec mon stylo, le bruissement des robes qui glissent avec des mots.

Quelques femmes aussi souples qu'une phrase. L'écho de la vie me bouleverse plus que la vie. Isabelle est aussi discrète qu'un reflet, c'est un personnage de roman. Les corbeaux ne se trompent pas, il y a des milliers d'années qu'ils observent les hommes, aussi immobiles que moi, dans un arbre mort.

18 février

Depuis plusieurs jours le ciel est sombre, sale. Ce matin il était strié de lambeaux gris, comme les tableaux noirs des écoles primaires quand ils sont mal effacés. J'en ai retrouvé l'odeur de craie et d'éponge humide, écœurante pour tous les enfants que ces tableaux noirs terrorisaient.

Le vent du sud a soufflé toute la nuit. Il se sert des tuiles comme d'une flûte indienne.

J'ai attendu neuf heures et demie et je suis descendu acheter un livre dans la librairie que j'aperçois de mes fenêtres, Le Poivre d'Âne. J'ai pensé qu'il faisait un temps à lire tout le jour un roman très noir, très épais et si possible diabolique. Un roman plus sombre que le ciel.

J'ai bu le café avec mes amis libraires, nous avons discuté un moment des chaos que nos métiers traversent, avec un peu d'humour car malheureusement nous ne sommes pas les seuls. Quand il n'y aura plus de livres on construira des prisons.

Je ne sais pas pourquoi je parle au futur, à la sortie des villes je vois souvent surgir de longs murs gris, un mirador; des amis libraires m'appellent tous les mois des sanglots dans la voix pour me dire qu'ils tirent le rideau.

Je suis ressorti avec un livre très lourd dont je ne connaissais ni l'auteur ni le titre, ni même l'éditeur.

Cinq minutes plus tard je remettais mes pantoufles et je plongeais dans *Vendetta* de R. J. Ellory.

Il est dix heures du soir et je n'ai pas réussi à arracher le livre de mes yeux, à part quelques minutes au milieu de l'après-midi pour me faire cuire un steak presque aussi épais que le livre, que j'ai avalé en lisant.

Le téléphone a peut-être sonné ou le facteur, je n'ai rien entendu, j'étais loin. Une journée d'hiver sous la face cachée de l'Amérique, de Las Vegas à Chicago en passant par Miami et New York. L'incroyable récit d'une vie de tueur à gages au service de la mafia.

Ernesto Perez, le tueur à gages, enlève la fille du gouverneur de la Louisiane, assassine son garde du corps, se livre aux autorités et demande à s'entretenir avec un certain Hartmann, obscur fonctionnaire alcoolique qui travaille dans une unité de lutte contre le crime organisé.

C'est le début d'une longue confrontation entre deux hommes durant laquelle Perez, le tueur, va raconter cinquante années de crimes et de sang, un demi-siècle d'histoire clandestine, de sourdes complicités entre la mafia, les autorités et les politiciens véreux.

Je n'ai pas pu reposer ce livre avant le point final, chaque page appelait la suivante et je retrouvais au fil des chapitres tous ces noms redoutables qui ont fait frissonner notre jeunesse à travers les journaux, le cinéma et dans tous les bars de Marseille où leur ombre maléfique planait, ces noms célèbres de Siciliens qui ont trempé leurs mains dans tous les assassinats, de Kennedy à nos jours : Carlo Gambino, Lucky Luciano, Franck Costello, Vito Genovese, Carmine Galante…

L'histoire secrète des États-Unis et des cinq plus grandes familles mafieuses qui n'ont jamais été très éloignées du FBI et de la CIA. Haletant, machiavélique !

Je me suis demandé en refermant ce polar trop réel si l'homme serait aussi passionnant s'il n'était pas si corrompu, si pervers.

Je pense parfois que j'essaie d'écrire ce que j'aimerais lire. Voilà un livre que j'aurais aimé écrire. Une écriture puissante, acérée, qui pénètre en nous jusqu'à la partie la plus infâme.

Une journée d'hiver comme je les aime, silencieuse, hors du temps, un voyage solitaire vers le mal. Voilà ce que je demande à un livre, m'émouvoir, m'ébranler, m'emporter, me faire vivre plus intensément que si j'étais descendu dans la rue.

19 février

Le vent du sud s'est renforcé. La pluie crépite par rafales contre les vitres. Ce serait encore un jour merveilleux de lecture mais après les heures avec *Vendetta* je suis encore sonné de mon voyage noir dans les entrailles de la mafia. Aucun suspense pendant plusieurs jours ne me mettra dans cet état hypnotique. Cinquante ans de crimes plus atroces les uns que les autres en une seule journée, c'est peut-être beaucoup.

J'ai repris le *Journal* de Jules Renard, là pas d'intrigues, aucun rebondissement, de minuscules joyaux partout, tout ce que cet écorché voit, touche, entend devient une pépite d'art. Insolence et poésie. On a envie de recopier chaque phrase pour ne pas l'oublier. Je viens de tomber sur l'un des derniers mots : « Je ne comprends rien à la vie mais je ne dis pas qu'il soit impossible que Dieu y comprenne quelque chose. »

On prend ce journal, on lit quelques lignes, on lève les yeux, chaque image est si forte qu'elle se prolonge sur le mur, sur le tapis, elle sort, va rôder sur les toits, revient.

Les aphorismes de Jules Renard, modestes d'abord, travaillent longtemps sous notre peau, croissent, se ramifient comme le simple potos que j'avais planté dans un petit pot de terre cuite et posé sur une armoire. Tous les trois jours depuis un an je lui donne un verre d'eau, rien de plus, parfois j'oublie, il s'en fout. Il s'est mis à grandir démesurément, à s'allonger et à envahir mon appartement. Il se glisse derrière les meubles comme un anaconda vert, ressort, se tort, plonge, disparaît sous un guéridon, sa petite tête vert tendre ressurgit, cherche la lumière et pendant une semaine il file sur le carrelage. J'avais mis deux feuilles dans un peu de terre et je me retrouve avec cet interminable serpent vert qui s'enroule autour de moi. Je ne sais pas ce qu'il cherche, il est effrayant.

Je laisserai se développer en moi les pointes de feu de Jules Renard, il faut que je tranche le serpent avant qu'il n'entre dans mon lit.

Je viens d'interrompre mon écriture, j'ai pris une paire de ciseaux et je n'y suis pas allé de main morte, j'en ai coupé plus de vingt mètres. À la poubelle l'anaconda ! S'il se remet à glisser sur les murs, je balancerai le pot par la fenêtre.

À force de suivre les lignes noires des livres et des cahiers voilà que je vois des serpents. Vivement le printemps que je sorte m'emplir les yeux de tout ce que les femmes offrent aux femmes, aux hommes et au soleil !

21 février

Dimanche. Isabelle m'a appelé à la première heure, elle préparait un pot-au-feu. J'ai trouvé soudain mon café délicieux et malgré les sombres nuages qui se ruaient sur la ville après une aube verte qui n'avait duré qu'un instant, je me suis jeté sous la douche en chantant, faux bien entendu mais en chantant.

Je lui ai apporté tous les romans que j'ai lus cet hiver. Je sais qu'elle dévore chaque nuit, assise dans son lit, ces polars épais qui évoquent les paysages blancs et glacés de Scandinavie, les hivers interminables et l'obscurité implacable des nuits polaires.

Nous avons tous les deux de longues insomnies vers trois heures du matin. Isabelle allume sa lampe de chevet, se cale dans ses oreillers et, ensevelie sous un édredon plus gros qu'une armoire, reprend le fil de ses grands voyages nordiques. La blancheur de la neige efface doucement la blancheur de ses nuits.

L'un de ces thrillers s'intitule judicieusement *Comme dans un rêve*, une énorme enquête autour de l'assassinat du Premier ministre Olof Palme en 1986 et des coulisses d'une police aux pratiques contestables. Mais comment une police morale dans une société respectable nous aiderait-elle à retrouver le sommeil ? Nous avons besoin de savoir qu'il y a bien pire que nous, la nuit, dehors, pour pouvoir dormir. Nous avons besoin de romans écrits dans les ténèbres, avec toutes nos peurs et toutes nos hontes. Nous avons besoin de regarder nos vies dans les grands miroirs noirs du sommeil.

Ce qui me trouble et m'attire chez Isabelle, c'est la distance qui sépare la douceur lumineuse de ses jours et ces sombres miroirs où elle se glisse chaque nuit. L'innocente clarté de ses yeux et ses inquiétants voyages nocturnes. La pudeur a dessiné le sourire et les paupières d'Isabelle, la nuit sculpte les mystères de son cœur.

Nous avons dévoré le pot-au-feu puis nous sommes allés mettre un peu d'ordre sur la tombe de Lili. Le gel avait liquéfié les monceaux de fleurs magnifiques que tout le village avait apportées et fait exploser presque tous les pots en terre cuite ; il y avait des éclats tranchants sur toute la dalle. Les roses pourpres avaient fondu. Un froid de marbre mord la terre depuis trois mois.

Nous avons travaillé une bonne partie de l'après-midi autour de la maison. Nous avons ratissé, brûlé, comme chaque hiver, des montagnes de feuilles mortes sous les arbres fruitiers et les chênes centenaires, les glands explosaient et fusaient en sifflant.

Isabelle remplissait des couffins de cosses d'érable qu'elle venait jeter sur le feu. Il a tellement plu cette année, tout est si détrempé que les flammes avaient du mal à dévorer ce que nous charrions et déversions. Le vent du sud couchait et tressait une épaisse fumée blanche qui nous brûlait les yeux. Rien n'est meilleur que ce crépitement et cette odeur de braise au cœur de l'hiver.

En ratissant j'ai repéré plusieurs trous dans le champ, rien à voir avec les taupes, sans doute des chiens sauvages qui viennent la nuit enterrer quelques carcasses pourries.

Vers quatre heures la pluie s'est remise à tomber, aussi horizontale que la fumée, et nous avons laissé les monticules de feuilles se consumer sans nous.

De la fenêtre de la cuisine, un bol de chocolat dans les mains, nous avons vu quelques belles flammes jaunes bondir et se battre rageusement contre le vent et les rafales de pluie. Nos vêtements et nos cheveux sentaient le feu. Isabelle a eu une furieuse envie d'oreillettes, elle a sorti les œufs, le beurre, la farine et nous avons retroussé nos manches.

Mars

1ᵉʳ mars

Ma fille est venue passer quelques jours avec moi. Je me suis rendu compte à quel point ma vie avait changé depuis qu'elle est étudiante à Montpellier. Le réfrigérateur est vide, vides les placards. Depuis quelques mois je ne fais plus de cuisine et il m'arrive souvent de manger dans la casserole en regardant un film. Manger quoi ? Des plats que j'achète au supermarché et qui sont trop salés, des soupes. Je fais moins de lessives, moins de ménage et le réveil ne sonne plus à sept heures du matin comme il l'a fait pendant toutes ces années pour l'école, le collège, le lycée.

Je suis réveillé par un fil d'or qui transperce mes volets, les bourrasques de pluie qui s'abattent sur les tuiles, la clarté silencieuse de la neige qui arrondit la ville.

La nuit je regarde de vieux westerns qui ont accompagné toute mon enfance : *Le Jardin du diable*, *Les Sept Mercenaires*, *Les Cheyennes*… Tous les films de John Ford, d'Henry Hathaway, de Sam Peckinpah ou de Robert Aldrich.

Le seul sourire de Burt Lancaster dans *Vera Cruz* exprime toute la canaillerie du monde. J'ai retrouvé ce sourire sur le visage de tous les grands prédateurs que j'ai connus dans les prisons, cette sensation d'insolence, de charme et de cruauté qui nous glace le cœur. Tout ce sang versé pour quelques pièces d'or. Cette fascinante amoralité.

Seul au milieu d'une ville qui dort je retrouve l'hallucination de mon enfance, ces chevauchées dans des paysages grandioses, une attente, quelque chose qui rôde, une sourde menace. Une poignée d'hommes à cheval qui s'approchent d'un lieu où vivent les démons et soudain… Une musique qui faisait se dresser chacun de mes poils.

Chaque dimanche lorsque je sortais du cinéma, de cette obscurité magique, après la première séance je retrouvais les petites maisons de mon quartier sous la lumière aveuglante du soleil de cinq heures et j'avais dans les yeux ces Peaux-Rouges flamboyants qui ont hanté les premières années de ma vie. Les visages pâles souvent cupides, cyniques, cruels et les derniers Indiens irréductibles et farouches. Mon visage était pâle, j'avais un cœur d'Indien, un cœur sauvage. La nuit quand je ne dors pas je redeviens un Indien, un enfant.

Marilou est restée quelques jours avec moi, j'ai refait des sauces tomate, un ou deux gratins puis elle est repartie vers sa nouvelle vie, l'étudiant qu'elle aime, la rumeur des amphis, ses inquiétudes et ses rêves que je ne connais pas. Je vais continuer à lire le jour des romans noirs, à regarder la nuit la beauté majestueuse des terres rouges et le terrible exode des derniers Sioux.

Silencieusement je me glisse entre les cheminées sur l'argile des toits, je suis une ombre, je scrute les profondeurs, je guette, la lune éclaire mes mains, mon enfance. Je suis un Sioux. Il est cinq heures du soir un dimanche, mon quartier a disparu, j'avance seul vers de vastes horizons pourpres.

3 mars

Ce matin de petits nuages bouillonnaient dans la lumière, comme un bouquet d'œillets blancs posé contre une vitre bleue.

Je n'ai rien fait de la journée, je n'ai rien lu, je n'ai pensé à rien de précis, je n'ai pas fait mon lit. J'ai attendu le printemps.

7 mars

L'hiver a été si long et froid cette année que tout est en retard. D'habitude en février les amandiers allument les collines. En une nuit ils sont blancs de fleurs. Ils l'ont été plusieurs fois de neige et toujours pas la moindre fleur. Seul le fond trempé des vallons est bleu de myosotis et les premières violettes sont apparues dans les coins abrités des jardins. Si l'on regarde bien, on devine le jaune très pâle des primevères sauvages.

Chez Isabelle aussi nos travaux d'hiver sont en retard. Aujourd'hui je suis allé tailler les oliviers et les quelques pieds de vigne qui s'accrochent à de vieux murs en pierres sèches. Ça aussi Lili me l'a appris, éclairer les oliviers afin que la lumière inonde le cœur de l'arbre et ne laisser que deux yeux sur chaque sarment de vigne.

À partir du 15 mars tous les feux de broussailles sont interdits, je me suis dépêché de brûler les fagots de sarments rouges et les brassées de rameaux.

Un vent gris arrivait ventre à terre sur le plateau et roulait des chiffons de fumée qui allaient se déchirer sur les premières haies vives du village. Un peu avant cinq heures une averse rageuse est venue herser les champs.

Je me suis réfugié dans le hangar et j'en ai profité pour mettre en charge la batterie du tracteur, complètement vidée avec cette humidité glaciale qui transperce les murs.

Un peu plus tard Isabelle est venue me rejoindre et m'a demandé si je ne voulais pas l'aider à décorer sa classe. Depuis quelques jours elle raconte aux enfants l'histoire tragique et belle des Indiens d'Amérique.

C'était dimanche et nous étions seuls dans la petite école au bord du Verdon. Tout est minuscule ici, tables, chaises, meubles. J'aurais aimé que ma fille ait encore trois ans et qu'Isabelle l'emmène avec des images et des mots à travers l'Oregon, le Minnesota et le Colorado.

Pendant qu'elle punaisait sur les murs de belles photos d'Indiens, de bisons et de chevaux, j'ai dessiné à la craie sur le tableau un tipi, un feu de bois et un chef de tribu très impressionnant avec ses peintures de guerre, ses muscles saillants, sa parure de plumes de toutes les couleurs et son tomahawk. Isabelle m'a dit : « Je les imagine demain matin, ils vont tous rester la bouche grande ouverte. » Elle est allée chercher une feuille imprimée dans son bureau et me l'a lue à haute voix. Un texte de Sitting Bull, chef Sioux Hunkpapa, écrit en 1875. J'ai trouvé les paroles de cet homme si puissantes de révolte, de poésie et de vie que je n'ai pas pu m'empêcher de les glisser dans ma poche et de les recopier dans mon cahier :

Voyez, mes frères, le printemps est venu ; la terre a reçu l'étreinte du soleil, et nous verrons bientôt les fruits de cet amour !

Chaque graine s'éveille et de même chaque animal prend vie. C'est à ce mystérieux pouvoir que nous devons nous aussi notre existence ; c'est pourquoi nous concédons à nos voisins, même à nos voisins animaux, le même droit qu'à nous d'habiter cette terre.

Pourtant, écoutez-moi, vous tous, nous avons maintenant affaire à une autre race, petite et faible quand nos pères l'ont rencontrée pour la première fois, mais aujourd'hui grande et arrogante. Assez étrangement, ils ont dans l'idée de cultiver le sol et l'amour de posséder est chez eux une maladie. Ces gens-là ont établi beaucoup de règles que les riches peuvent briser mais non les pauvres. Ils prélèvent des taxes sur les pauvres et les faibles pour entretenir les riches qui gouvernent. Ils revendiquent notre mère à tous, la terre, pour leur propre usage et se barricadent contre leurs voisins ; ils la défigurent avec leurs constructions et leurs ordures. Cette nation est pareille à un torrent de neige fondue qui sort de son lit et détruit tout sur son passage.

Nous ne pouvons vivre côte à côte.

Moi aussi j'étais bouche ouverte, ce discours aurait pu être écrit ce matin, dans n'importe quel recoin de notre planète, il n'y avait rien à enlever, rien à ajouter. En quelques mots tout était dit, injustice, rapacité, pillage et destruction. Sitting Bull avait été traqué et vaincu partout.

Isabelle m'a dit : « Quand je leur raconte l'exode et le combat de ce peuple et de leur chef, ils veulent tous s'appeler "taureau assis", même les petites filles. Ils se sont choisi un nom, j'ai un "cheval gothique", une "bison rose" et un "coyote frileux". »

Je suis tombé l'autre jour sur une phrase d'Oscar Wilde qui m'a fait sourire : « Celui qui cherche une femme belle, bonne et intelligente, n'en cherche pas une mais trois. »

Quand j'écoute et regarde Isabelle je n'ai pas à en chercher deux autres. Dans le secret de mon cœur elle est la fiancée des corbeaux, sauvage et douce.

13 mars

Cinq heures du matin. Je viens d'être réveillé par un rêve étrange, baroque, comme la plupart des rêves. J'ai enfilé ma robe de chambre, me suis fait couler un café et me suis installé à mon bureau près du lit. À l'est le ciel est encore noir, glacé, la ville dort sous ses quelques lampadaires. Je ne me rendormirai pas. Envie d'écrire ce rêve :

Je file sur une route la nuit. À la sortie d'une ville je perds le contrôle de ma voiture, elle m'échappe. Je m'aperçois que je roule dans vingt centimètres de neige qui n'était pas là à l'entrée du virage. Autour de moi tout est dévasté. Un ouragan ou un cyclone vient de tout balayer, les arbres sont fracassés, les ponts et les routes effondrés. Je suis seul au milieu de l'apocalypse. Pourtant il faut absolument que je me rende quelque part, je ne sais pas où. Je continue mon chemin une bassine en fer-blanc à la main, je sais que c'est ma voiture, je ne veux pas l'abandonner. J'entends la tempête qui revient comme la course démente d'un peuple d'éléphants. J'ai juste le temps de me réfugier dans une grotte.

La roche est sculptée de lumière et d'ombre. Il y a des femmes partout qui dressent des tables, refont des lits. L'une d'elles vient vers moi, me fixe. Elle est belle, jeune, très attirante. Sa poitrine tend à le faire craquer le tissu léger de sa robe. Je saisis la pointe de ses deux seins entre pouces et index et je les pince violemment. La stupeur agrandit les yeux de la jeune femme. Je serre plus fort. La douleur et le plaisir se battent sur son visage. Je découvre alors que toutes les femmes sont nues, celle qui me fait face aussi. Provocante, belle. Toutes me regardent comme dans la demeure sacrée de Shiva. Mon désir est si intense qu'il me réveille.

J'ai voulu écrire ce rêve pour le prolonger. Je sens encore entre mes doigts la pointe brûlante et dure des seins. J'écrase mon stylo en dessinant les mots, des mots d'une rondeur magnifique, la chair souple des mots.

On se réveille toujours à l'instant le plus troublant, le plus mystérieux. J'aimerais me recoucher pour retrouver l'atmosphère de la grotte, me glisser à nouveau dans le secret profond de mon rêve. Je sais que c'est fini. Je termine mon café.

Aucune lueur encore sur les plateaux de lavande qui courent vers l'Italie. C'est sans doute le printemps qui a jeté dans mon corps cet ouragan, ce chaos et ces seins inquiétants de beauté.

Le printemps est arrivé cette nuit, il vient de passer sur la ville. Il est partout, sur les chemins, dans les collines, il bondit sur les pierres vertes des rivières, il entre dans chaque maison, se glisse dans tous les corps, fait éclater le sommeil, le rêve des jeunes filles, fait craquer les lourdes charpentes et grincer les murs. Le printemps est en train de soulever la terre. J'ai envie de sortir, de courir, de me jeter sur tout ce qui est vivant, de le mordre jusqu'au sang.

Le printemps est un barbare qui déchire les robes, s'engouffre dans les villes, saccage les citadelles de la raison. Le printemps est une cathédrale de feuillage et de désir qui surgit dans les ruines de l'hiver.

15 mars

Mon rêve était prémonitoire. J'ai retrouvé la grotte aux femmes. Le temple de Shiva est un temple de mots.

Je suis allé animer un atelier d'écriture dans le petit port de Carnon, tout près de Montpellier où vit ma fille. Le café était prêt dans une bibliothèque qui domine la mer, le soleil inondait les livres.

Il y avait vingt femmes et un seul homme autour de la table. Des femmes mûres, des femmes très jeunes au sourire clair, des femmes au visage froissé qui ont dans le regard la lumière apaisée de tous les amours, de toutes les peines.

Depuis vingt ans je vais dans quelques prisons apporter des mots. En prison il n'y a rien, pas de coquelicots, pas de frontière à franchir la nuit, pas de ponts sur les rivières, pas de voiliers, pas de chevelure de femme, de regard de femme, de poitrine de femme, pas d'horizons, pas d'amour. Rien. J'apporte quelques mots à des hommes oubliés à l'ombre d'un mur.

Sur le port de Carnon il n'y a ni barreaux ni miradors, il y a vingt femmes et un homme qui regardent leurs vies dans le miroir des mots. Le mot café, le mot tango, le mot rendez-vous, le mot peur, le mot mensonge. La mer respire devant nous, la liberté passe sur le quai, frôle les terrasses vertes, jaunes, bleues, les trottoirs mouillés, l'or des croissants dans les paniers.

Pourtant lorsque nous prenons un stylo, dans la pénombre des Baumettes ou au-dessus d'un petit port, ce sont les mêmes émotions qui s'abattent sur la feuille blanche et nous tordent les boyaux : l'odeur d'herbe et de terre de nos jardins d'enfance, l'insouciance de nos jeunes années, nos premières folies, nos attentes, nos doutes, nos premiers vrais chagrins, les couloirs glacés de la solitude et le désir et la beauté partout pour écarter la mort. Le diable avec qui nous dansons sur le fil d'un rasoir un soir d'été.

Aux Baumettes et sur tous les ports du monde, à huit heures du matin, des hommes et des femmes rêvent, se cherchent, palpitent, hésitent, se souviennent, s'étreignent, se déchirent, s'enfuient, disparaissent, s'oublient.

Prisonniers du béton ou la tête dans la lumière nous prenons un stylo et nous nous évadons vers la cité des songes. Le seul voyage qui n'ait pas de but, pas de limites, pas de fin. Un voyage vers les vallées lumineuses de nos mémoires, de notre mystère. Quelques mots simples pour dire ce qu'est un être humain un dimanche après-midi dans le silence d'une cellule ou insaisissable sur une mer que nous venons à l'instant d'inventer.

Voilà la grotte troublante de mon rêve, vingt

femmes habillées, vingt femmes nues, vingt femmes surgies de nulle part qui inventent leurs vies.

Grands-mères, amoureuses, vierges, dans la paix d'un appartement la nuit, sur le marbre rond d'un bistrot, dans un train, sous le porche d'une église ou étendues dans la houle des blés, laissez courir les mots, comme des nuages, sur une immense page bleue.

16 mars

Je viens de relire ce que j'ai écrit hier. Atelier d'écriture... Un peu scolaires et laborieux ces deux mots, trop sérieux. Ce que je partage depuis vingt ans et que je viens de vivre avec vingt femmes au-dessus d'un port est un moment d'écriture, une promenade dans un jardin de mots, quelques instants de confiance. L'écriture est le contraire d'un programme, d'une technique, c'est un vagabondage dans une contrée sauvage.

À l'école il fallait apprendre par cœur, réciter, attendre son tour le cœur inquiet, la gorge battante. J'avais toujours peur d'être interrogé, peur de bredouiller devant les autres, d'être ridicule debout sous le tableau noir.

Cette peur est restée dans mon corps, intacte. Chaque jour lorsque je fais la queue à la boulangerie, je répète sans m'arrêter dans ma tête ce que je vais demander à la boulangère. Plus je me rapproche d'elle, plus je me concentre sur les paroles que je vais prononcer et que tout le monde va entendre derrière moi dans le silence de la boulangerie qui me rappelle celui de la classe : « Un pain Lemaire de 250 grammes, tranché s'il vous plaît, et une brioche au sucre. »

Même lorsque je salue mes voisins d'un sourire, je ne lâche pas ma phrase et la marmonne jusqu'à ce que mon ventre touche le comptoir. Toujours la même phrase depuis des années. Je ne veux pas changer de pain pour ne pas changer de mots.

L'écriture est le contraire de cette anxiété, c'est un immense territoire de liberté, une école buissonnière. On s'en va un beau matin dans son cahier, sans contrainte, sans programme, sans réveil, assoiffé de lumière et de vent, comme Rimbaud, et on rêve au bord des routes à des amours splendides dans des auberges qui n'existent pas.

21 mars

Je me suis réveillé très tôt. Il n'était pas cinq heures. La ville était noire, luisante de pluie, les trois clochers illuminés fumaient une brume d'or.

Lorsque j'ai aperçu entre les nuages les premiers éclats verts de l'aube j'ai su qu'il ferait beau, j'ai décidé d'aller poursuivre la taille des oliviers chez Isabelle. En avril tous les arbres s'éveillent et j'aimerais avoir terminé.

À vingt ans j'adorais les villes, leur grouillement coloré, les hasards qu'elles réservent. Rien ne me rend plus heureux aujourd'hui que la clarté silencieuse des champs.

J'ai taillé toute la journée sous un soleil parfois brûlant. On pensait que le printemps ne viendrait plus. En une nuit il s'est rué sur tout. Il était partout autour de moi, dans chaque étincelle d'air pur ou brin d'herbe. Jaune sur les jonquilles et les narcisses, violet sur les iris, blanc sur les amandiers, rouge sur les cognassiers du Japon. Les tapis de glands éclatent sous le pied des hommes et du printemps, l'amande pourpre et tendre qui apparaît s'enracine en huit jours.

J'ai fait d'immenses meules de rameaux sur les bancaous que j'ai embrasés à la tombée de la nuit, après avoir prévenu les pompiers. Isabelle a joué dans le village, enfant, avec la plupart d'entre eux, les plus jeunes ont été ses élèves durant les années où elle avait le cours préparatoire. Ils me font confiance.

J'adore cet instant de la journée, devant les flammes nous redevenons des enfants. Quand le feu atteint le cœur des bûchers on voit s'écrouler les cités grises et rouges des cendres, ce que les enfants voient lorsqu'ils rêvent, jouent ou traversent ces royaumes qui nous sont désormais interdits.

26 mars

Je suis resté presque tout l'après-midi devant mon cahier ouvert, je n'ai rien trouvé à dire, à raconter, chacune de mes phrases me semblait prétentieuse, banale. Je me suis contenté de caresser la page aussi blanche et veloutée que l'écorce des bouleaux qui dominent la maison d'Isabelle.

Pourtant si j'écris depuis tant d'années, c'est que j'ai la sensation d'aller beaucoup plus loin dès que je fais rouler un stylo entre mes doigts, vers les petites lumières de ma mémoire et la pénombre de tout ce qui m'échappe dans le brouhaha de la vie, comme on déchire et soulève la couche de feuilles mortes au pied des arbres, avec un bâton, pour découvrir la bosse rouge et or d'un champignon.

Avec la pointe de mon stylo je gratte la surface des choses pour sentir en moi la petite bosse du mot juste qui palpite.

Cette espèce de journal parfois me paralyse. Raconter une histoire romanesque avec des personnages qui s'affrontent, affrontent leur vie, exultent et vieillissent est plus simple et sans doute plus artificiel. C'est tellement émouvant une belle histoire. On peut s'y cacher, s'y enfouir, disparaître et être partout à la fois. Depuis vingt ans je me glisse avec exubérance dans tous mes romans, dans chacun des personnages, des plus solaires aux plus détraqués.

Suis-je plus présent dans ce journal ? Plus sincère ? Je suis plus intimidé, plus indiscret. Je reviendrai aux histoires qui ont leur trajectoire, leur fin, leur parfum d'enfance. Le poids mélancolique de la fuite du temps. Toute une vie en un roman.

J'avais besoin de ce chaos, de ce voyage sans cartes, de ce vide à scruter. Un premier train dans lequel on saute, sans papiers, sans argent, sans adresse, pour être sûr d'être secoué, de voir défiler des gares dont on ne connaît même pas le nom. Chaque jour est une gare nouvelle dans laquelle on descend et que l'on découvre mot à mot.

La nuit vient de tomber. J'ai attendu immobile pendant des heures, comme mon père le faisait le dimanche, seul dans un poste de chasse dissimulé sous les branches. Guettait-il les oiseaux de passage ou les mots qui viennent de très loin planer sur nos consciences ?

30 mars

J'étais en train de lire *Les Mille et Une Nuits* lorsque mon appartement s'est assombri d'un coup. La seule clarté venait de mon livre ouvert, de mes mains. J'ai levé les yeux vers la fenêtre, des nuages noirs traversaient le ciel, éperdus, comme des moutons qui voient arriver le loup. Il n'était pas trois heures de l'après-midi. La nuit est tombée d'un coup et tout s'est envolé, morceaux de cheminées, antennes de télé, pots de fleurs, draps.

Des rafales de grêle arrivaient de l'ouest et hachaient la ville. En quelques secondes un fleuve de glace s'est abattu sur nous. J'ai cru voir passer devant moi un vol de pigeons, c'étaient des tuiles que la tempête arrachait.

Trois minutes plus tard tout était terminé. La ville était méconnaissable, blanche de grêle, ensanglantée d'éclats de terre cuite.

Les fauteuils des bistrots et les menus en fer forgé avaient explosé sur les façades de la place. Le troupeau des nuages basculait par-dessus les collines. Tout était silencieux, immobile soudain, dévasté. Trois minutes.

Dans les guides touristiques et les romans d'amour qui se lovent au creux d'une crique, d'un vallon, dans un mas à l'abri du Luberon, la Provence est bleue, sensuelle, galéjeuse. La Provence n'est pas un hamac tendu entre juillet et août à l'ombre d'un figuier ; elle n'est florentine qu'en s'approchant de la mer et des vignobles.

La Provence est âpre, brutale, contrastée. Je l'aime parce qu'elle reste imprévisible et sauvage. En été elle brûle tout ce qui se hasarde hors de ses ombres maigres, elle tire sur l'argile et fait éclater les maisons. L'hiver elle fend les arbres et les pierres, elle traverse les villes comme un rasoir ouvert.

31 mars

Ce matin je suis monté sur le toit de notre petit immeuble. Je suis le seul à pouvoir y accéder, j'habite sous les combles où s'ouvre un étroit vasistas aveuglé de poussière.

J'ai remis en place toutes les tuiles qui avaient glissé. D'autres hommes faisaient comme moi, sur d'autres toitures. Nous étions, de loin en loin, des paysans courbés sur nos petites parcelles de terre cuite dressées contre le ciel.

Je viens de reprendre *Les Mille et Une Nuits* que la tempête hier m'a arraché des mains. Je m'aperçois que je suis Shéhérazade. Dans ces contes arabes qui sont aussi vieux que nos églises romanes, le roi Shahriyar fait étrangler ses épouses le lendemain de ses noces.

Shéhérazade parvient à retarder la sentence en lui racontant chaque nuit de belles histoires qui restent inachevées aux premiers feux de l'aurore. Le roi remet de jour en jour l'exécution pour connaître la fin du merveilleux récit de la veille. Shéhérazade tient comme cela mille et une nuits et le roi renonce à l'exécuter.

Chaque jour j'ouvre ce cahier, je prends mon stylo, je commence une histoire que je ne finis pas. Les mots que je dessine, je les entends, je les vois, je les touche, les tords. Ils naissent et s'avancent sur la feuille comme un peuple vivant, un peuple de femmes et d'hommes bleus, souples et forts. Ils repoussent à chaque ligne la sentence et l'exécution. Un peuple de mots qui éloignent infatigablement les gouffres profonds du silence.

Hier la ville s'envolait. Aujourd'hui je la répare avec des tuiles, avec des mots. Je fais rouler entre mes doigts un simple stylo bleu. La tempête je l'invente, je l'évoque, je l'abolis. Demain je changerai de stylo, la tempête sera noire sur une ville rouge.

Avril

7 avril

En cette saison, le soir, les collines sont violettes sous une poudre d'or. La dentelle des Alpes étincelle au-dessus de l'étoile de Moustiers-Sainte-Marie. Il a neigé toute la semaine dernière.

Ici la terre a été retournée, elle brille jusqu'à la limite du ciel comme une plaque d'acier et les villages gris sont des îles dans cet océan de labours.

L'hiver est encore sur les montagnes, dans les plaines partout la terre pousse des cris de couleur. Ce ne sont plus les pourpres et dorés de l'automne mais des jaunes et des bleus dans les champs, sur les talus, au bord des routes, et des roses, du plus intense au plus doux, sur les arbres. Il y a des arbres roses le long des rivières, près d'un cabanon à la toiture crevée, au milieu d'un pré, dans les étroites ruelles caladées qui grimpent vers les lambeaux d'une forteresse dressée sur le roc par les Templiers.

Quand la nuit tombe je quitte le centre-ville, je vais marcher dans ces petits quartiers où chaque maison a son jardin de dix mètres sur dix, deux cerisiers derrière un portail, comme dans les banlieues de Marseille.

Je marche et j'écoute l'appel des grenouilles sur le bord vert des vieux bassins d'arrosage. Elles ajoutent à la nuit quelque chose de rauque et de mélancolique, comme si rien n'avait changé depuis que je suis né.

J'ai sept ou huit ans, je suis allé chercher un litre de lait frais dans une ferme, comme chaque soir, ma mère m'attend pour souper dans la cuisine au-dessus des jardins. Je marche sur un chemin à peine plus clair que la nuit où rien ne peut m'arriver puisque ma mère m'attend.

11 avril

Au début de l'après-midi j'ai pris une auto-stoppeuse sur le pont de Vinon. Tout homme ralentit lorsqu'il voit une femme qui lève le doigt dans une éclatante robe coquelicot. Là, au milieu du pont, c'était saisissant, on pouvait même penser qu'elle enjamberait la rambarde et se jetterait dans le vide si on ne s'arrêtait pas. La couleur de la robe devait agir très vite sur nos zones obscures.

Lorsqu'elle s'est installée à mes côtés j'ai vu qu'elle était beaucoup plus âgée que moi. Je lui ai dit : « Vous n'avez pas peur de monter avec n'importe qui, toute seule ? »

Elle a éclaté de rire.

« Peur ?... Mais mon petit, que voulez-vous qu'il m'arrive, j'aurai quatre-vingt-cinq ans cet été ! Il y a vingt ans que je fais du stop tous les dimanches, il ne m'est jamais rien arrivé. »

Elle avait presque l'air de le regretter.

« Vous allez où tous les dimanches ?

— Danser ! »

J'ai cru qu'elle plaisantait tant ses beaux yeux de soie noire pétillaient.

« Déposez-moi devant La Belle Époque si c'est votre chemin, sinon je filerai à pied, je pars toujours en avance. »

Elle ne plaisantait pas, sa belle robe et ses escarpins faisaient tout à fait Belle Époque. Il y avait plus de couleurs sur son visage que dans tout le printemps.

« Vous allez tous les dimanches dans ce dancing ?

— Ce n'est pas un dancing, c'est le paradis ! Je danse depuis que j'ai quinze ans, la valse, le paso, le tango et même le be-bop. Vous savez danser ?

— J'ai travaillé pendant un an dans une boîte de nuit à Bastia. J'avais dix-neuf ans, c'est le plus beau souvenir de ma vie. Je gagnais tous les concours de bop avec des filles splendides que je lançais comme des toupies.

— Alors vous me comprenez... J'irais à pied si personne ne me prenait, ça ne m'est encore jamais arrivé. Les gens s'arrêtent lorsqu'ils me voient heureuse. Toute la semaine j'attends le dimanche. Je me repose, je prépare ma robe, je rêve et je prends des bains de pieds. Le plus important pour danser c'est la fraîcheur de nos pieds, la qualité de la chaussure. Toute ma vie j'ai attendu le dimanche. J'ai dansé partout ! Sur les places de tous les villages l'été, dans les fêtes foraines, les bals musettes, ceux du 14 Juillet. À l'époque on dansait n'importe où, j'ai dansé dans les arrière-salles des bistrots, dans la poussière des remises entre deux charrettes, sous des tresses d'ail, dans des hangars qui servaient aussi de cinéma, on y ajoutait trois tréteaux pour la musique et une guirlande. On m'invitait à tous les mariages. Ah la la ! Je pourrais vous citer tous les balettis de la région de Toulon jusqu'à Arles, on serait allés en Chine, on dansait même dans les prés. Vous voyez le pont où vous m'avez ramassée, j'y ai dansé souvent pour la Saint-Jean. Dans quelques années je danserai avec mes copains qui m'attendent au cimetière. Quand je danse j'oublie tout ! Les plus belles heures de ma vie... J'ai vécu pour danser... Toute la semaine je travaillais comme une bête, je n'ai aucun souvenir, dans ma tête je valsais. »

En conduisant je la regardais, elle avait perdu trente ans.

« C'est le tango que je préfère, c'est le plus beau... Être dominée par le regard d'un homme, par sa force, sa souplesse, jouer avec son regard, avec son désir, lui échapper, lui résister, succomber... C'est bien, le be-bop, mais le tango... Il y a toute la vie d'un amour dans une seule danse, la séduction, le combat, la passion. Une vie en trois minutes. J'ai eu des milliers de vies sur les pistes de danse. J'ai écrit mon testament, je veux qu'on m'incinère et qu'on disperse mes cendres sur la piste de danse, à la place du talc, qu'on me fasse danser encore tout un dimanche. La Belle Époque ce n'est pas 1900, c'est tous les dimanches. »

Nous étions arrivés sur le parking du paradis. Elle m'a dit qu'elle s'appelait Alice en m'embrassant furtivement sur le coin de la bouche. C'était une petite fille qui s'enfuyait, toute confuse de bonheur. Les premiers danseurs arrivaient avec l'orchestre en chemise rouge et pantalon noir. Alice courait dans sa robe coquelicot vers sa jeunesse, vers l'expression la plus légère de l'amour.

J'ai coupé le contact et je suis resté un bon moment immobile dans ma voiture sous le soleil un peu fou du mois d'avril. Les danseurs affluaient de plus en plus nombreux, ils s'embrassaient, riaient et s'engouffraient radieux dans cette cité magique qui aurait pu être un banal entrepôt à la sortie de n'importe quelle ville. Les plus jeunes devaient avoir mon âge et c'était plus gai que la sortie d'un lycée.

Moi aussi j'avais dansé pendant des années en ne pensant qu'à la beauté des filles, à la légèreté de nos vies qui virevoltaient entre la lumière solaire des plages et les lueurs pourpres du désir. Un jour je n'avais plus dansé. Je m'étais mis à réfléchir sur tout, même le dimanche. Ils semblaient tous plus heureux que moi.

J'ai hésité un instant. Pouvais-je replonger dans l'insouciance de ma jeunesse, retrouver l'ambiance rouge et enfiévrée du Soupirail et des caves où dégringolait la jeunesse bastiaise, sous la place Saint-Nicolas, dès six heures du soir en été ?

Bastia... Le monde trouble de la nuit... J'ai pensé soudain à Tony. Écrivait-il toujours ? Je ne l'avais pas appelé depuis ce jour d'hiver où il m'avait apporté cet étrange cadeau, ce .38 Spécial que nous avions essayé ensemble dans un paysage de neige et qui dormait depuis sur une étagère, au milieu de produits de jardin, dans la cave d'Isabelle.

Une heure plus tard je frappais discrètement à la porte de son étroite tanière à Marseille. Peut-être était-il couché avec une femme ? Non, il était seul, surpris et ravi de me voir.

« Je n'osais pas t'appeler, m'a-t-il dit, un peu confus, j'ai envoyé mon manuscrit de ta part à ton éditeur, comme tu me l'avais conseillé, aucune réponse, ça fait plus de deux mois. Je pense que ça ne leur plaît pas.

— Ils sont débordés, ils en reçoivent vingt par jour et le livre en ce moment tu sais ce n'est pas brillant, tout le monde souffre, éditeur compris, je leur passerai un coup de fil demain matin. »

Moi aussi j'étais gêné, il avait passé tellement d'heures, de jours sur ce manuscrit qui racontait sa vie, repris chaque page, chaque chapitre, nourri tant d'espoirs autour de sa nouvelle passion.

« J'ai commencé autre chose, avec ton stylo cette fois, une espèce de roman mexicain mais je n'y crois plus, chacun son métier, l'écriture ce n'est pas pour moi, je suis trop vieux, je suis désespéré le soir quand je me relis, j'ai envie de tout balancer à la poubelle.

— "Ne jette rien même pas les ombres et porte des fleurs mortes sur ma tombe…" Tu te souviens d'Yves Foubert, l'un des piliers de l'atelier d'écriture aux Baumettes ? Je n'ai jamais oublié cette phrase de l'un de ses poèmes.

— Bon voyou, belle plume, un type très droit. Tu le revois ?

— Il a échappé aux balles, pas à la cigarette, il écrit des poèmes entre les racines d'un arbre. Lydie, sa femme, m'appelle de temps en temps. »

Je l'ai pris par l'épaule et nous sommes allés boire une pression sur les quais ensoleillés du Vieux-Port.

C'était un beau dimanche d'avril, partout les amoureux se tenaient par la taille, s'embrassaient, partageaient une glace en faisant tourner la petite ombrelle de papier. On voyait des groupes de supporters passer en chantant sous le maillot de l'OM qui jouerait le soir contre Nice au Vélodrome. Ils criaient d'autant plus fort que Marseille venait de prendre la tête du championnat à sept matches de la fin. Dix-sept ans sans le moindre titre à se mettre sous la dent. Marseille allait entrer en fusion et tout un peuple se jetterait dans le Vieux-Port. Rien depuis la tête miraculeuse de Boli à Munich en 93.

Dans cette ville on va à la plage dès la fin mars, toutes les jeunes femmes étaient bronzées, peu vêtues, splendides.

J'étais bien sur le port avec mon ami Tony, au milieu de ces appels joyeux, de ces jeunes corps gracieux, des couleurs de l'OM semblables au ciel léger au-dessus de nos têtes et des milliers de barques qui dansaient devant nous, si près du vieux clocher des Accoules où j'avais vécu vingt ans.

« Je me lève tous les matins à cinq heures, m'a dit Tony, et je viens prendre un premier café sur le port. C'est un instant extraordinaire, je suis seul avec les gabians, eux aussi se lèvent à cinq heures. Toute ma vie je me suis levé avec les gabians, il y en a dans tous les ports du monde et ils viennent manger dans les cours de toutes les prisons.

— Tu viens de trouver le titre de ton roman : "Les gabians se lèvent à cinq heures".

— Que quelqu'un accepte de le lire d'abord et que ça me rapporte de quoi te payer un café. Je n'ai aucune envie de reprendre mon Beretta. Tu as vu l'hécatombe depuis le début de l'année, un cadavre par semaine, les places sont de plus en plus chères, tout le monde veut être calife à la place du calife. Quand les chiens se prennent pour des loups la ville est un enfer, plus personne ne dort.

— Les Corses ont écarté tout le monde, ils sont tellement puissants qu'ils s'éliminent entre eux.

— Puissants, secrets, très dangereux mais ils n'ont plus de chef. Il leur faudrait un Lucky Luciano s'ils ne veulent pas s'exterminer dans des guerres sans fin. Luciano a organisé le crime comme une entreprise, les familles siciliennes maillaient tout le territoire américain. Luciano avait des milliers de soldats, d'associés, il travaillait avec les Irlandais de Boston, les Mexicains de Los Angeles et du Texas, les juifs de Floride, les Polonais de Cleveland et les Allemands de Saint Louis. Lucky Luciano a été le plus grand, le plus intelligent, le parrain incontesté de la Cosa Nostra. Pendant neuf ans j'ai entendu parler de lui dans la prison fédérale d'Atlanta. Respect total ! Luciano était un homme discret, éloigné des journaux, de la publicité, il fuyait les photographes. Ses lieutenants m'ont raconté qu'il changeait sans cesse d'hôtel, de nom, de ville. À New York il était Charles Rose et son bureau était au Waldorf Astoria, il s'appelait Albert Spinelli quand il descendait au Drake de Chicago. La force de la mafia est de s'être organisée comme une pieuvre. La pieuvre est sans doute l'animal le plus intelligent après l'homme. Qui sait si elle ne le remplacera pas d'ici quelques milliers d'années ? Elle possède trois cœurs et neuf cerveaux, un cerveau central et un dans chacune de ses tentacules. On dit qu'elle ne lâche jamais sa proie. Les aliens ne viendront pas d'une autre planète, ils viendront du fond des mers. La mafia est comme un animal qui rôde dans les ténèbres des profondeurs en étendant ses tentacules criminels.

— Tony, tu devrais écrire un grand roman là-dessus, tu les connais mieux que personne, tu les as vus vivre, manger, s'entre-tuer, tu as reçu leurs confidences dans toutes ces cellules et cours de prison.

— J'y ai pensé… Je suis arrivé à New York peu après la mort de Lucky Luciano, les guerres de succession avaient repris de plus belle. Tout le monde convoitait le trône du parrain. Ascensions, règnes, chutes se sont accélérés dans des bains de sang. C'est la même chose ici à Marseille, aujourd'hui les Corses règnent sur tout et c'est leur sang qui coule. J'en suis meurtri vois-tu, mon père était corse. Je sens venir des années très sombres. Dans ma première cellule à Atlanta il y avait une phrase gravée dans le mur : "Le revolver et le poignard sont les instruments par lesquels tu vis et tu meurs. La Cosa Nostra passe avant toute autre chose dans la vie. Avant la famille, avant le pays, avant Dieu." Pendant trente mois j'ai eu cette phrase sous les yeux, jour et nuit. »

J'aurais écouté Tony pendant des jours et des jours me raconter l'histoire de ces parrains et familles mafieuses qu'il avait côtoyés dans la célèbre prison d'Atlanta et les vieilles forteresses italiennes mais le soir rougissait déjà les murailles du fort Saint-Nicolas. L'ombre avait gagné la terrasse où nous nous trouvions, le soleil n'illuminait plus que la façade de la criée de l'autre côté du port et la forêt des mâts en aluminium. La ville ne tarderait pas à être paralysée par les milliers de supporters de l'OM qui arrivaient des recoins et collines les plus oubliés de Provence.

Tony a bien tenté de m'entraîner dans une pizzeria mais toute cette lumière, ces chants et ces klaxons m'avaient fatigué, j'avais hâte de retrouver le silence de mon appartement à Manosque, mon cahier. Nous nous sommes embrassés et j'ai repris la route.

Je venais de vivre un étrange dimanche. J'avais laissé Alice m'emporter sur toutes les pistes de danse vers l'insouciance, la sensualité et la ferveur du tango, puis j'avais suivi mon vieil ami dans le dédale effrayant des villes où s'organise le crime.

Je comprenais tout le monde, ces danseurs ivres de mouvement, de rythme, de beauté, ces voyous dangereux et pervers qui tuaient et mouraient pour l'illusion du pouvoir et ces supporters qui plongeaient sans se poser de questions dans le chaudron incandescent d'une passion qui les aidait à accepter une vie souvent terne et invisible.

Il y avait belle lurette que je n'avais pas tenu contre moi une inconnue sous une sourde lumière rouge, que je n'avais pas lancé mes bras vers le ciel dans les virages du stade Vélodrome, parmi des milliers de bras. Maintenant je roulais entre deux collines, j'avais heurté la nuit sur le pont Mirabeau et je n'attendais rien.

22 avril

Je reprends mon cahier. Ma fille est venue passer quelques jours avec moi, à Montpellier les étudiants sont en vacances. Pendant une semaine nous sommes partis dans les collines où elle a grandi, où nous nous sommes cachés pendant des années. Je ne suis pas monté me dissimuler à la cime des grands pins pendant que toute minuscule, en bas, je la regardais me chercher dans les taillis, palpitante d'inquiétude et de joie. Nous avons traversé de beaux prés blancs de narcisses.

Hier nous nous sommes lus à haute voix, à tour de rôle, *L'écume des jours* qu'elle avait dans son sac. Nous étions assis dans un champ de luzerne en fleur, tout était en fleurs autour de nous, le thym, les iris, les cognassiers et les mille plantes et arbustes sauvages que je ne connais pas.

Nous avons passé l'après-midi sous la belle lumière d'avril et nous lisions Boris Vian comme je l'avais lu quarante ans plus tôt dans un jardin public de Grenade, au fond des bouches de Kotor ou sur les blocs de pierre de la grande jetée qui regarde Bastia.

Je retrouvais ma jeunesse, mon insouciante solitude, ma révolte solaire. J'avais découvert Vian alors que j'étais déserteur et aucune parole n'aurait pu résonner plus fort dans mon cœur que celles de cet homme qui semblait tout refuser, tout balayer de son sourire, l'ordre, le travail, la vieillesse et la soumission.

L'écume des jours était l'amour fou que je cherchais sur les routes d'Europe. Dans ce livre tout devenait irrationnel, insensé, merveilleux. Aussi merveilleux et fou qu'un premier jour d'amour. J'avais fui un matin d'automne une caserne grise pour la liberté de ces chemins qui ne pouvaient mener qu'à l'amour.

Hier, assis dans la luzerne avec Marilou si jeune, si belle, radieuse, j'étais à nouveau pendant quelques instants un jeune homme prêt à tout.

Aujourd'hui nous sommes allés manger le plat du jour sur la place où elle a fait ses premiers pas dans ses petites sandales rouges. Toute la terrasse du restaurant avait applaudi. Étonnée, ravie, elle avait applaudi aussi avant de tomber sur ses fesses.

Combien de fois lui avais-je demandé par la suite comme n'importe quel papa : « Tu m'aimes grand comment, mon bébé ?

— Grand comme ça ! » Elle ouvrait le plus large possible ses petits bras et elle ajoutait comme toutes les petites filles : « Papa, je me marierai avec toi ! »

Si je disais que ce n'était pas possible elle se mettait à pleurer. Cette simple phrase répétée sans fin suffisait à me rendre heureux et de toutes mes forces je la serrais contre moi.

En l'écoutant me lire *L'écume des jours* je savais qu'elle pensait au jeune étudiant qui partage sa vie. Je me consolais en me disant qu'elle allait traverser de nombreuses passions mais que ses petits bras, elle ne les ouvrirait sans fin que pour moi.

J'étais l'homme qui avait vu apparaître sa première dent du bas alors qu'elle avait cinq mois ; l'homme qui avait reçu en pleine figure la soupe qu'elle s'était mise à souffler à pleines joues pour jouer et elle avait récidivé chaque jour malgré mes cris parce qu'elle pensait que le jeu se poursuivait ainsi ; j'étais l'homme qui avait vu apparaître à neuf mois trois dents du haut ; l'homme qui lui avait appris à faire le poisson en ouvrant la bouche lentement, de manière très régulière ; l'homme qui lui avait appris le caquètement de la poule et l'Indien Sioux qui pousse des cris stridents en se frappant la bouche du plat de la main et en sautant d'un pied sur l'autre. À dix mois ses premiers fous rires la faisaient suffoquer de plaisir. J'étais l'homme à qui elle disait chaque soir « Bapa taté » pour « Papa gâté » puis elle posait sa tête dans mon cou et s'endormait en une seconde.

30 avril

Chaque matin, avant de toucher un stylo, un balai, un plat, je prends une douche rapide et je descends boire un vrai café et tripoter un peu le journal. Je change de placette et de terrasse chaque jour, je voyage dans la ville où je vis depuis plus de vingt ans. Sur certaines de ces places les platanes sont malades et les tronçonneuses rugissent, sur d'autres ils n'ont jamais été aussi majestueux, le chant des fontaines ajoute à la légèreté matinale cette sensation de fraîcheur et de paix. Je suis en vacances dans une ville dont je connais chaque pierre, chaque porte, chaque visage, tous les chats connaissent mon pas et restent assis à mon approche.

Tous les matins, dans tous les bistrots du monde, des prairies d'Islande aux confins de la Terre de Feu, de la Sibérie la plus orientale à Manosque, le football embrase le cœur de milliards d'hommes qui s'éveillent. Et ces foules de supporters marquent, un café à la main, des milliards de buts. Pourtant jamais un seul supporter n'a marqué un seul but sur la surface de cette terre. Ils marquent dès le réveil en se lavant les dents, en montant dans des bus, en cherchant leur voiture, en observant le ciel, ils marquent en dépliant le journal, en grimpant au sommet d'une grue ou en achetant leur pain, comme ils ont marqué plusieurs fois dans leur lit en rêvant.

Et chaque jour, en lisant moi-même la double page réservée à l'OM, je me demande ce qui peut bien nous fasciner autant dans ce simple ballon de cuir qui ressemble tant à un sein hypnotiquement rond, à une belle fesse joufflue ou à n'importe quelle planète qui fonce autour de nous dans le plus grand mystère.

Je tourne deux ou trois pages du journal en avalant la dernière goutte de mon café. J'ai lu ce matin qu'un assassin avait déclaré à son juge : « J'ai en moi deux personnes dont une qui me fait peur. » J'ai trouvé cette phrase aussi énigmatique et irrationnelle que cette force obscure qui pousse chacun de nous à marquer des buts tout en accomplissant les gestes les plus banals ou en articulant les mots les plus usés.

Mai

6 mai

Je comptais passer une journée sur l'île Sainte-Marguerite au large de Cannes, j'y suis resté trois jours. Une forteresse se dresse sur les falaises de l'île, vertigineuse, imprenable.

Ce fort a été pendant des siècles une prison d'État, le roi y faisait enfermer ses ennemis. C'est derrière ces murailles que le Masque de fer fut mis au secret pendant plus de trente ans. Si secrets ces cachots que personne n'a pu révéler l'identité de l'homme à qui on imposait le port du masque. On a parlé du duc de Guise, du fils de Cromwell, d'une femme sulfureuse, de Fouquet, d'un espion italien, d'un moine dominicain ou encore d'un frère bâtard de Louis XIV. Ce mystérieux prisonnier a eu pour geôlier attitré durant trente années le chevalier de Saint-Mars.

J'ai visité le cachot du Masque de fer, il est orienté plein nord, sans soleil, fenêtre aveuglée d'une triple grille pour éviter tout contact avec l'extérieur et d'une double porte. Sinistre.

Après avoir fait le tour de ce labyrinthe de pierre, je me suis baladé sur l'île. Des sentiers de douaniers longent les falaises où nichent des colonies de gabians.

J'ai dû passer si près d'un nid que l'un de ces oiseaux est venu tourner autour de moi en criant. J'étais un intrus. Son vol s'est rapproché et ses ailes immenses fouettaient presque mon visage. Son cri était de plus en plus strident. J'ai senti qu'il allait m'attaquer et me frapper avec son long bec jaune. J'ai ramassé une grosse pierre et lorsqu'il a de nouveau piqué sur moi je la lui ai lancée de toutes mes forces.

Le gabian s'est retourné en plein vol et s'est écrasé sur le sol. Je n'en croyais pas mes yeux. Il n'y avait pas une chance sur mille que je l'atteigne et pourtant... Il était à quelques mètres de moi sur le chemin et tentait de s'envoler. Une seule de ses ailes battait l'air, j'avais brisé l'autre. Il tournait sur lui-même dans un nuage de poussière.

En quelques secondes sa rage et sa détresse ont alerté des centaines d'autres gabians qui se sont mis à tourner autour de moi en hurlant leur colère. Je me suis enfui sous l'épaisseur du maquis, pourchassé par leurs cris de guerre.

Je ne savais que penser de mon geste, de ma surprise et de ma peur, de la fureur de ces oiseaux. D'un côté la mer, de l'autre une nature sauvage et accrochés au vertige des falaises ces vastes oiseaux farouches au bec jaune.

Je ne me suis pas aventuré plus loin. Je suis revenu vers la forteresse. J'ai fait le tour des bâtiments en attendant l'heure du bateau. À travers les barreaux des anciennes cellules j'apercevais des brouettes, des pelles, des tuyaux. La mauve et le coquelicot ont envahi les cours. C'est aussi beau et inquiétant que le bagne. Cannes est à portée de fusil et on se sent à l'autre bout du monde. Quatre siècles que ces murailles tapies dans le maquis résistent au vent, aux embruns, au soleil. Combien de prisonniers sont morts ici, sous le poids des pierres et du ciel, oubliés des hommes ?

Vers trois heures de l'après-midi le ciel a noirci d'un coup. Des bourrasques terribles de vent et de pluie ont balayé l'île. Je me suis réfugié sous le porche de ce qui avait dû être la chapelle de la prison. La forteresse sonnait de tous ses corridors, fortins, puits et citernes. J'entendais au loin la mer se fracasser contre les falaises.

Deux heures plus tard un homme vêtu d'un ciré jaune est venu s'abriter près de moi. Il m'a dit : « Je vous ai aperçu de ma fenêtre, de l'autre côté de la cour, je suis l'un des gardiens du fort. Je viens d'écouter la radio, ils disent que le port de Cannes est dévasté, la digue a cédé, la mer envahit les parkings et plus aucun bateau ne sort. La tempête s'est formée au nord des Baléares, a traversé en un clin d'œil la Méditerranée et défonce tous les ports de la côte. Je n'ai jamais vu ça de ma vie. Il y a vingt-cinq ans que je travaille ici. Regardez là-bas, toutes les citernes débordent et une partie de la toiture s'est envolée sur la poudrerie. Vous ne pourrez pas quitter l'île ce soir et peut-être même demain. »

L'île se refermait sur moi et je restais avec les gabians qui devaient être sur ma trace.

Le soir l'homme au ciré jaune m'a donné les clés d'une cellule et je m'y suis installé sur un lit de fer.

Toute la nuit la forteresse a grondé et je pensais à ces tempêtes aussi brutales que soudaines qui ébranlaient les murailles mais aussi les Bourses et les marchés, arrachaient de vastes pans d'industrie, des jetées et des digues, dévastaient des régions, noyaient tout sous les déferlantes de la mer et de la crise, emportaient maisons, bateaux, emplois, espoirs, dans un souffle aussi puissant qu'inexplicable. « Vent de panique », titrait la presse de plus en plus souvent. Que se passait-il entre la nature, l'homme et des forces obscures surgies d'on ne sait où et qui se déchaînaient ?

Et ces murailles qui avaient affronté des siècles de tempêtes, d'ouragans, résisteraient-elles au chaos qui avançait ? Nous scrutons le ciel, la Chine, les entrailles de la terre. Le chaos est en chacun de nous, aussi actif que notre obsession à approcher la beauté, à attraper la vie. L'homme est cet espace ou ce temps qui sépare la décision de l'acte chez le suicidé. Il est cet espace depuis toujours. Et ce danger fait toute la grandeur palpitante de ses songes, la beauté mélancolique de sa peur.

Je suis resté deux nuits dans la forteresse ruisselante du Masque de fer. L'homme au ciré jaune m'apportait aussi à manger. Au matin du troisième jour il m'a annoncé qu'un premier bateau allait accoster. Je l'ai remercié et j'ai plié mes deux couvertures, comme je l'avais fait pendant six mois, chaque matin, dans la cellule d'une prison militaire que la brume de la Meuse effaçait.

10 mai

Une ou deux fois par an je vais voir Luc, dressé sur son nid d'aigle.

Montjustin c'est trois maisons sur l'épaule du Luberon. Un hameau sous une forêt de lilas au-dessus d'une vallée sauvage. Depuis quarante ans Luc peint ses voyages et ses rêves. Il y a longtemps qu'il ne voyage plus. Il regarde voyager les nuages.

Son atelier domine une chapelle en ruine et trois croix de pierre qui écartent les bras au-dessus des ronces. Personne ne vient jusque-là. Les chiens noirs restent couchés sur le goudron tiède de la route. Ils soulèvent à peine la tête et se rendorment. On se gare et on continue à pied.

Il y a tellement d'eau et d'herbe cette année que la route a diminué de moitié. Chaque fois que j'arrive à Montjustin je pense aux noirs villages corses mangés par le maquis, près des sources d'Orezza, où j'ai passé quelques étés avec ma mère. Là-bas il y avait des ânes et des cochons dans des ruelles en escaliers, ici ce sont des poules et des jouets d'enfant sur des tas de sable que les maçons ont oubliés.

J'ai découvert ce village il y a plus de vingt ans, un matin d'octobre. Les dernières hirondelles dansaient dans la lumière en regardant l'Afrique. Un matin extraordinaire de figues, de brume et d'or.

Seul dans son jardin Luc Gerbier souriait dans une barbe de pirate. Il m'a invité à partager son café puis nous sommes descendus dans sa cave qui lui servait alors d'atelier.

Il y avait là, sous terre, autant de toiles que d'îles autour de la Grèce. Luc a passé son enfance, comme moi, à plonger dans la Méditerranée, son visage est une crique brûlée de soleil et de vent. Il n'a jamais peint la mer, il peint l'océan. Son cœur a besoin de tumulte. Il peint des vagues aussi dures que des châteaux de granit bleu, des châteaux wagnériens sur des ciels de soufre.

Depuis ce café dans la brume d'octobre j'ai beaucoup observé Luc. Je le regarde fouiller dans la poussière de ses tiroirs, caresser la soie d'un pinceau, mélanger le bleu de cobalt avec l'outremer et l'indigo, peindre ses amis morts dans l'éclat de leur jeunesse ou les femmes qui le réveillent la nuit et qui ne monteront jamais jusqu'à ce tas de pierres.

Ses gestes sont doux mais je sais que c'est un fauve. Un fauve radieux qui bondit sur la beauté du monde. Cette beauté il l'a aperçue sur la lagune de Venise, les hautes terres du Contadour.

Sous les voutes de sa cave il découvre ses mers intérieures, ses tempêtes intérieures, ses villes de sable et de granit incendiées par les plus beaux jaunes d'Espagne. Luc ne peint pas le monde, il peint le souvenir des vagues et des lointains tumultes.

Je ne suis pas assez savant pour dire si Luc est plus figuratif qu'abstrait, s'il doit quelque chose à Turner ou au bon Dieu. C'est un homme qui voyage dans le doute et qui a su regarder les orages et les dômes de Venise avec chacun de ses muscles et tous les grains de sa peau, puis il est descendu dans sa cave parce qu'il était bouleversé.

Comme à chacune de mes visites il a préparé le café avant de me montrer ses dernières toiles, de la cave au grenier il y en a partout. Elles se dressent les unes contre les autres dans leurs cadres et on peut les feuilleter comme des livres.

Et puis nous sommes allés voir son jardin. Il est plus fier de ses plants de tomates que de ses tableaux. Il a des mains larges et sombres de paysan, des mains façonnées par la pioche et les mauvaises herbes.

Nous étions encore dans son jardin au-dessus de la vallée sauvage lorsqu'un milan noir est venu tourner lentement dans la lumière dorée du soir.

17 mai

Il devait être aux alentours de onze heures ce matin et je me demandais si je n'allais pas me préparer des pâtes au pistou lorsque quelqu'un a sonné. J'ai pensé au facteur, sans doute un recommandé. Je n'aime pas ça du tout, les recommandés, c'est toujours quelque chose à payer, des amendes la plupart du temps.

J'ai ouvert la porte et me suis penché sur la cage d'escalier. Ce n'était pas le facteur. Un homme gravissait les étages plutôt lourdement. Parvenu sur le palier il m'a tendu la main. Il soufflait.

« Monsieur Frégni ?
— Oui.
— C'est haut… Je suis diabétique… Je vous dérange ? »

Il était vêtu de couleurs criardes qui juraient les unes avec les autres et il suait à grosses gouttes sous au moins trois pulls et une épaisse veste en laine. D'où sortait-il pour ne pas s'être aperçu que le mercure avait bondi depuis deux jours dans tous les thermomètres ? J'avais dormi sous un seul drap, fenêtre grande ouverte, comme au gros de l'été.

« J'ai lu plusieurs fois votre dernier livre, j'aimerais en parler avec vous. »

J'ai trouvé étonnant qu'un homme lise plusieurs fois l'un de mes livres. Je l'ai invité à entrer, soulagé que ce ne soit pas une amende à payer.

« Je m'apprêtais à faire cuire des pâtes…
— J'avais l'intention de vous inviter à déjeuner.
— Où ça ?

— N'importe où, en ville. J'ai repéré un restaurant avec terrasse sur la place. J'ai beaucoup de questions à vous poser. »

Je n'ai pu réprimer un éclat de rire. Il parlait comme un policier déguisé en clown.

Cinq minutes plus tard nous étions installés sous les platanes de la place. Le serveur nous a dit que le service ne commençait qu'à midi. J'ai commandé un 51, lui un Perrier. Il me scrutait à travers de longs cils trempés de sueur.

« Quelque chose vous intrigue dans mes livres ?

— Tout !... Vous racontez exactement ce qu'il m'arrive. Vous avez été persécuté par un juge ; depuis plusieurs années je suis persécuté par des gens que je ne connais pas.

— Que vous veulent-ils ?

— C'est justement ce que j'aimerais savoir ! Ils me font suivre, ils enregistrent mes conversations, me prennent en photo. L'autre jour j'en ai repéré un à un feu rouge, je suis descendu de ma voiture et je lui ai cassé la figure.

— Mais comment saviez-vous qu'il...

— La couleur... Le feu était rouge, sa voiture aussi était rouge.

— Et si le feu avait été vert ?

— Avec le vert je ne risque rien. Les jours blancs ne sont ni bons ni mauvais, ils sont neutres. Le gris aussi peut être dangereux. »

J'ai compris que je venais de m'attabler avec un fou, enfin, un psychotique. Je n'ai pas travaillé pendant dix ans à l'hôpital psychiatrique pour avoir besoin de plus pour les identifier. Ses paroles expliquaient son accoutrement ridicule. Je lui ai demandé s'il travaillait.

« Je suis pensionné, on ne me verse presque rien mais je vis avec ma mère. Ce n'est pas facile tous les jours. »

J'ai pensé que j'allais être obligé de payer l'addition. Tant pis, l'énergumène était intéressant, il me rajeunissait de vingt ans et je n'étais pas obligé de porter une blouse blanche et de compter trente ou quarante gouttes dans des verres en pyrex avec les noms des malades écrits sur des morceaux de sparadrap.

« Vous êtes encore jeune, vous pourriez travailler… »

Il n'avait pas plus de quarante ans.

« Je ne sais rien faire, j'étais instituteur.

— Que faites-vous de vos journées ?

— Je marche et je me couche tôt, avec les médicaments à sept heures du soir je ne tiens plus debout.

— Quels médicaments ?

— On me fait une injection d'Haldol tous les vingt-huit jours, plus tout le reste. »

J'avais devant moi un schizophrène de la plus belle eau. J'avais manipulé des centaines de flacons d'Haldol pendant dix ans. Je lui ai demandé s'il avait une amoureuse. La gêne l'a un peu recroquevillé. Il a rougi jusqu'aux oreilles.

« J'en avais une, enfin une amie, pas vraiment une amoureuse. Des putes oui, j'en ai trouvé à cent euros. Sinon je regarde des films pornos la nuit, quand ma mère dort.

— Et ces gens qui vous persécutent ?

— Ma mère n'y a jamais cru. Ils sont aussi dans la télé, je leur fais des signes et ils me répondent discrètement. Julien Lepers par exemple. C'est pour ça que j'ai adoré votre livre, le juge dont vous parlez est comme eux. Vous dites que lorsque vous l'aurez tué vous n'aurez plus cette enclume dans le ventre. C'est ce que je voudrais faire, je vis avec une enclume dans le ventre depuis des années, c'est à cause d'eux que je prends tous ces médicaments qui me démolissent. Je suis content de vous connaître, j'ai compris beaucoup de choses en lisant votre livre. Est-ce que je peux vous poser une question ?

— Bien entendu. »

Le serveur est venu prendre la commande en observant du coin de l'œil cet homme qui transpirait sous ses laines de toutes les couleurs. Lorsqu'il est reparti mon étrange interlocuteur s'est penché vers moi et a chuchoté :

« Depuis une semaine je me suis renseigné, je sais exactement où habite le juge qui vous a harcelé. Il emprunte tous les jours le même itinéraire, matin, midi et soir. Je vais l'attendre devant chez lui avec une arme, je l'obligerai à se coucher dans le coffre de ma voiture et vous n'entendrez plus jamais parler de lui. J'ai déjà trouvé l'endroit où j'allais l'enterrer. Il y a une colline déserte derrière chez ma mère. »

J'étais sans voix. Frappé de stupeur. Inerte. Un fou surgissait du néant, entrait brutalement dans ma vie et transformait peut-être de simples mots en réalité sanglante. Dans sa folie il s'était identifié à mon accablement, à ma révolte. Là où je m'étais contenté de prendre un stylo il allait saisir une arme et sans doute tuer, éliminer ses propres ennemis imaginaires. Autour de mon juge, de cet homme qui m'avait persécuté durant plusieurs années, s'étaient cristallisés toutes ses peurs, ses angoisses, les fantômes qui le hantaient.

J'ai pensé soudain à *L'inconnu du Nord Express*, le roman de Patricia Highsmith dont Hitchcock avait fait un film. Je les ai adorés tous les deux, j'ai revu le film plusieurs fois.

Un homme rencontre un inconnu dans un train qui lui propose d'exécuter un proche gênant, comme ça, gratuitement, et de ne plus se revoir. Le crime parfait.

Moi ce n'était pas dans un train que je venais de croiser un déséquilibré mais sur une paisible place de Provence, près d'une fontaine, à midi, sous le vert encore tendre des jeunes feuilles de platanes. Et ce repas qui aurait pu être un moment de détente sous la belle lumière de mai se transformait en cauchemar, alors que le serveur ne m'avait pas encore apporté les raviolis à la napolitaine que je venais de commander.

Balzac ne s'était pas trompé, le plus grand romancier du monde était bien le hasard. Chaque mot produisait de la vie. Parfois de la mort… On ne sait jamais ce que les gens lisent dans nos livres, ils y lisent leurs vies, ils y cherchent leurs rêves, ils y trouvent mille choses que nous n'avons jamais imaginées. Ils s'engouffrent dans d'obscures cités dont nous n'avons fait qu'entrouvrir la porte.

Il a découpé son entrecôte en trois morceaux qu'il a engloutis sans mâcher, en repoussant sur le bord de son assiette, très suspicieusement, le gratin dauphinois et les deux feuilles de salade qui accompagnaient la viande. Il a avalé coup sur coup trois grands verres d'eau et sans ajouter un mot s'est dirigé vers l'intérieur du restaurant où je l'ai vu payer.

Il est revenu, m'a tendu la main :

« Ne vous faites aucun souci, je m'occupe de tout. J'ai bien compris ce que vous attendiez de moi. »

Il a remonté la fermeture Éclair de sa veste en laine et il a disparu dans l'une des ruelles qui débouchent sur la place. Je n'avais pas encore touché à mes raviolis, je tenais dans la main le petit pot de parmesan.

J'aurais pu rester longtemps le pot dans la main, tant je n'attendais rien de cet individu surprenant, et je suis remonté ici, chez moi. Écrire à la main sur mon cahier d'écolier me permet de comprendre mieux ce que me livre la vie chaque jour et cette rencontre est pour le moins déconcertante. Y a-t-il eu des jours dans ma vie où je n'ai pas senti autour de moi rôder quelque chose d'insolite ?

J'ai pensé un instant aller au commissariat afin que le juge soit prévenu et se tienne sur ses gardes. Même si je déteste cet homme qui a dépensé tant d'énergie sournoise pour me salir, tenter de m'incarcérer et tourmenter ma fille qui n'était encore qu'une enfant, je considère que ma plume a joué tout son rôle, je n'en demande pas plus.

Qu'aurais-je raconté à la police ? Qu'un fou avait lu mon livre et s'apprêtait à exécuter le magistrat ? Je ne connaissais ni le nom, ni l'adresse, ni rien de ce fou peut-être dangereux et qui venait de traverser ma vie tel un météore. La seule chose que je savais c'est qu'il transpirait à grosses gouttes sous quatre épaisseurs de laine bariolée et que Julien Lepers lui faisait des signes entre deux questions à des champions. C'est moi que la police aurait pris pour un dingue ou un affabulateur.

Comme d'habitude, je me suis assis à mon bureau près de mon lit, j'ai ouvert mon cahier et j'ai fait confiance au destin.

25 mai

Depuis une semaine je descends un peu plus tôt boire mon café et lire le journal. Je vais directement à la page « faits divers » et je suis soulagé lorsque aucun titre n'évoque l'assassinat d'un juge.

Cette étrange rencontre tourne dans ma tête comme un bourdon, me réveille la nuit. Durant une longue insomnie la nuit dernière je me suis souvenu de ce schizophrène qui m'avait tant intrigué alors que je n'étais qu'élève infirmier à l'hôpital psychiatrique. J'ai toujours attiré les schizophrènes, je ne sais pas si je leur ressemble ou si je les rassure.

Nous étions en été et je ne mettais pas souvent la blouse blanche, un peu par tentation libertaire, un peu à cause de la grosse chaleur. J'étais le seul soignant homme du pavillon et les infirmières entouraient ma jeunesse de beaucoup de tolérance et de tendresse. Elles fermaient les yeux sur mes retards, m'attendaient le matin avec café, bonne humeur et ampoules de vitamines pour réparer les petits dégâts de mes nuits. Mariées trop tôt elles regrettaient déjà leur jeunesse, ma mine froissée et ma faible tension les faisaient rêver.

Lorsqu'il y avait un coup dur elles comptaient sur moi. Le reste du temps elles me laissaient bavarder avec les malades et croire aux vertus de la psychanalyse. Elles faisaient plus confiance à une dose de neuroleptiques. Un bon cocktail de cheval dans les fesses, disaient-elles, ils ne sont pas là pour les cors aux pieds !

Vers quatre heures de l'après-midi je m'asseyais sur le banc devant le pavillon, sous l'unique tilleul, et je regardais l'air trembler au-dessus du goudron de l'avenue qui faisait le tour de l'asile.

C'est l'été où Jacques Valvert est venu s'asseoir souvent près de moi. Il ne disait rien, je crois qu'il aimait ma présence. Nous attendions côte à côte un peu de fraîcheur et cela nous suffisait. Depuis vingt ans qu'il était là personne n'avait entendu le son de sa voix.

J'ai repensé à Jacques cette nuit parce que lui aussi avait été instituteur avant d'être schizophrène.

Il avait été nommé pour son premier poste dans un village des Alpes, près de Gap. Un jour il avait écrit le mot « Dictée » sur le tableau noir puis il avait enjambé la fenêtre et s'était enfui dans la forêt, laissant toute la classe bouche ouverte. C'est au fond des bois que les gendarmes l'avaient retrouvé trois jours plus tard, muet, transi, hagard.

Depuis il vivait à l'asile, dans le silence le plus absolu et personne ne se serait douté qu'il puisse avoir quelque chose à dire. Jacques Valvert glissait comme une ombre en toute saison dans les couloirs de l'hôpital et les allées du parc. À l'heure des repas il était à sa place, ne demandait jamais rien. Le malade idéal.

C'est pourtant l'un de ces après-midi étouffants que Jacques vint poser sa silhouette transparente sur le banc et après un long moment de torpeur, sans un mot, me tendit une feuille de papier où était écrit à la main un poème. Étonné je le lus. Le poème était très beau. Dans quel livre l'avait-il trouvé ? Pourquoi avait-il recopié d'une écriture fine et soignée ces quelques vers classiques ? Je le remerciai, pliai la feuille en quatre et la glissai dans ma poche.

Le lendemain Jacques m'attendait sur le banc. Dès que je fus assis près de lui il me tendit un nouveau poème que je parcourus. Tout de suite je le reconnus : les vers de Charles Baudelaire que j'avais lus quelques mois plus tôt. Ce poème précisément m'avait frappé par sa sombre beauté :

> *Vous entendrez toute l'année*
> *Sur votre tête condamnée*
> *Les cris lamentables des loups*
>
> *Et des sorcières faméliques,*
> *Les ébats des vieillards lubriques*
> *Et les complots des noirs filous.*

Sépulture. Après tant d'années je ne l'ai pas oublié. La puissance terrible des mots certes, mais surtout le geste discret d'un fantôme, si humain dans cette lente mort chimique, un après-midi d'été.

Je profitai de l'heure du repas pendant laquelle Jacques était avec les autres dans la salle à manger pour monter fouiller discrètement dans son placard et sa table de nuit. Les malades dormaient dans des boxes de quatre lits. J'eus beau tout remuer, aucune trace du livre de Charles Baudelaire. Où le cachait-il ?

J'en parlai aux infirmières. C'est à peine si elles m'écoutèrent. Depuis vingt ans personne n'avait vu Jacques Valvert un livre ou un stylo à la main. Durant toutes ces années il n'avait fait que marcher, seul, dans un silence sans limites. Il avait moins d'existence que l'ombre d'un arbre ou d'un mur. Qui se souvenait que cet homme avait été un jour instituteur ? Son dossier médical aucun d'entre nous ne l'ouvrait depuis belle lurette, il avalait ses quinze gouttes deux fois par jour et partait rôder dans des régions qui n'intéressaient personne.

Le soir même chez moi j'avais comparé les deux poèmes écrits de la main de Jacques avec ceux imprimés sur l'édition de poche des *Fleurs du mal* que j'avais trouvée chez un bouquiniste du cours Julien. Chaque mot était à sa place, il ne manquait ni majuscule, ni virgule.

Je savais que depuis des années, tous les jeudis après-midi, qu'il pleuve, vente ou que la canicule fasse fondre Marseille, la mère de Jacques arrivait en taxi. Elle repartait aussitôt avec son fils dans les rues chaudes du centre.

Là elle choisissait pour lui un hôtel, une prostituée qu'elle payait et pendant vingt minutes elle attendait dans le bistrot d'en face. Ce que Jacques faisait dans la chambre durant ces vingt minutes personne ne le savait, sans doute rien, il devait rester assis sur le bord du lit, aussi silencieux qu'à l'asile. La mère n'en demandait pas plus, même malade un homme devait voir une femme une fois par semaine, par hygiène. Elle faisait son travail de mère.

Elle ramenait son fils à l'hôpital, rangeait le linge propre dans son placard et repartait dans le même taxi sans avoir adressé la parole à quiconque.

Je guettai donc cette étrange femme le jeudi suivant et lui montrai les deux poèmes mystérieusement recopiés par son fils. Je ne lus aucun étonnement sur son visage mais un profond agacement.

« Il a passé toute sa jeunesse à lire et à relire ce Baudelaire. Il n'y a pas un poème qu'il ne connaisse par cœur. C'est ça qui l'a rendu malade, il se prend pour Baudelaire ! Ce sont ces fleurs du mal qui l'ont empoisonné, ces fleurs malades ! » me déclara-t-elle froidement, sans cesser de redresser les piles de linge dans le placard métallique.

À cet instant, en observant le visage de Jacques qui se tenait debout derrière sa mère, je me rendis compte à quel point il avait pris les traits et l'expression du poète vers la fin de sa vie. Son large front dégarni, son regard calciné, la bouche tordue par l'amertume, les joues creusées.

Durant cet été-là, si lointain dans ma mémoire, Jacques Valvert revint souvent s'asseoir près de moi, sous le tilleul. Je garde le souvenir d'une chaleur accablante. Le silence de cet homme perdu s'accordait avec ces lentes journées d'août qui n'en finissaient plus.

Parfois, timidement, il me tendait un nouveau poème qui était remonté des brumes de sa mémoire. Lorsque je le comparais le soir avec ceux de mon livre de poche il n'y manquait jamais rien, chaque lettre était à sa place et je demeurais songeur face aux puissances obscures de l'inconscient.

Je n'abordai plus le sujet avec le personnel médical ni avec sa mère qui continuait à venir le chercher chaque jeudi pour l'emmener dans un petit hôtel discret du centre-ville, même au plus brûlant de la canicule. Je ne parlai à personne de notre secret et je laissai cet être tourmenté voyager dans une nuit qu'il serait le seul à connaître.

Jacques Valvert était-il devenu un autre sans le savoir ou étions-nous tous ce que nous cachions ?

En l'observant ruisseler comme moi, sur ce banc face à l'aveuglante lumière qui incendiait la banlieue et les petites maisons aux volets de couleurs sous leurs toits de tuiles plates, je pensais que Jacques Valvert n'existait plus. Il avait traversé toutes ces années de silence pour devenir enfin, de façon effrayante, Charles Baudelaire.

Depuis près de trente ans j'écris, j'écris chaque jour sur mon cahier ou dans ma tête, j'écris en marchant, en étendant mon linge, en coupant des roses fanées, en regardant les bras nus d'une femme. Je me suis construit avec des mots qui arrivaient de partout, les mots de tous que l'on trouve dans les rues, sur la page d'un journal, sur les murs. J'ai la sensation d'être devenu ce que j'écris. Je suis tous les personnages qui aiment, doutent, sombrent ou s'agrippent dans mes romans. Ces personnages je les ai ramassés au bord des routes, sur un port, dans une caserne, au hasard des villes, des saisons et des heures d'insomnie. Je les ai choisis car ils me ressemblent un peu, comme j'ai choisi aujourd'hui d'évoquer cet homme, cette silhouette qui tourne peut-être encore dans les couloirs ou le jardin d'un asile et croise sans les voir d'autres fantômes aux yeux éteints. Aujourd'hui je ressemble à chacun d'entre eux.

Jacques Valvert était devenu ce qu'un autre avait écrit, brusquement, en sautant par la fenêtre d'une école. En franchissant cette fenêtre, il laissait dans la classe l'enfance de Jacques, son village, ses souvenirs, sa famille et il courait dans une forêt sans limites qui s'appelait Charles Baudelaire.

Un homme banal s'était emparé de l'âme et du corps d'un poète et on lui donnait trente gouttes rouges par jour pour qu'il tourne sans fin dans les allées mortes d'un asile, parmi d'autres monstres inoffensifs au cerveau brûlé.

Je continuerai à écrire tant que je trouverai les hommes étonnants, déconcertants, impénétrables, tant que j'aurai moi-même quelque chose à cacher, à découvrir.

Juin

1ᵉʳ juin

Depuis une semaine je pense à ces deux schizophrènes, celui qui est venu ici après avoir lu mon dernier livre et Jacques Valvert qui a écrit durant toute sa vie des poèmes qui n'étaient pas de lui et dont il était peut-être plus habité que Charles Baudelaire lui-même ; des émotions qui avaient submergé chacune de ses cellules, chacun de ses nerfs, toute la moelle de ses os.

Pendant une semaine j'ai marché sur les chemins et les routes en pensant à eux, les talus sont rouges de coquelicots, la valériane perce les murs des ruines et des jardins, envahit les presbytères abandonnés à la sortie des villages. L'or des genêts éclaire les collines. Le printemps n'a jamais été aussi beau.

Je marche et je viens m'asseoir à mon bureau, cette table de bistrot sur laquelle j'écris. C'est sur ces trois planches noircies par l'empreinte ronde des verres, vernies par des coudes et des jeux de cartes, brûlées par des mégots que j'ai connu mes violentes heures de liberté. Plus encore qu'au bord des routes, dans les grands éboulis des Alpes ou lorsque je manifestais dans la rue à vingt ans.

Sur ces trois planches il y a autant de rendez-vous, d'attentes, de drames, de solitude, de rires, d'oublis que dans toute l'œuvre des plus grands écrivains. On pourrait écrire vingt romans en suivant les traces, les blessures, les rides d'une table de bistrot.

La liberté est devant moi, totale. Choisir un mot, puis un autre, le suivant. Les dessiner, dessiner un sentier, des montagnes, des villes, des soleils. Voir ces villes et ces soleils mieux que s'ils existaient. Voyager à travers les régions brumeuses de la mémoire, les terres éblouissantes de l'imagination, les espaces sauvages du désir. Écrire comme je marche, un mot après l'autre, sans horaires, sans clôtures, sans projets. Ma table est à côté de mon lit, je dors, je rêve et je repars, de jour, de nuit, sur ces chemins d'encre.

Certains écrivains dressent une muraille entre l'écriture et la vie, la réalité et les songes. J'écris quand je vis, je vis quand j'écris. Chaque mot ajoute un élan à mon geste, à mes pas. Chaque pas m'offre un mot.

Chaque fois que je commence un nouveau roman, un nouveau récit, j'entre avec inquiétude et un trouble presque érotique dans un territoire que je dois découvrir. Lorsque je mets le point final, j'ai parcouru et découvert une contrée de moi-même que je ne soupçonnais pas. Oui, érotique est l'écriture, violemment, je charge et je décharge mon stylo chaque jour. Les cent mille éclats de mon sperme bleu sur la robe blanche de la page.

Aujourd'hui j'ai mangé le plat du jour, près d'une fontaine, sur une placette derrière chez moi. J'étais en voyage. Maintenant je suis assis devant ma table de bistrot, le mistral ébranle les volets, hurle et grince sous ma vieille fenêtre, fait chavirer les martinets dans un ciel vertigineux.

Je voyage à travers l'or des jours et les ombres de la mémoire vers des rivages inconnus. Je poursuis le grand voyage immobile dans le silence de mon appartement, entre les déserts violets de lavande et toutes les silhouettes que j'ai dû croiser un jour dans les pays que j'ai traversés et les livres que j'ai lus, qui sont en moi comme des villes vibrantes de peur, de désir et de lumière.

4 juin

Jacques Valvert a vécu seul face au vaste miroir noir de Baudelaire. Aveuglé par l'or des mots, brûlé par l'or des mots. Tout s'est effondré de l'enfance, de la vie de Jacques, seule la poésie a résisté, ces lambeaux de flammes. Disparue la souffrance, disparue la joie, disparue l'attente. Disparue la beauté des jours, des saisons, du souvenir, disparue la jalousie.

Seuls les mots de Baudelaire. Autour le silence inaltérable d'un dimanche sans fin à l'asile.

J'ai toujours lu dans la lumière et le vent, au milieu des collines, à l'abri d'un mur, au bord des routes. Seul avec les livres je suis devenu un loup, attentif, solitaire, méfiant.

J'ai lu *L'étranger* entre Thessalonique et Istanbul. Camus dans la main gauche, le pouce droit en l'air pour stopper les camions qui fonçaient dans la poussière. Meursault c'était moi. Je faisais l'amour avec Marie et je l'emmenais à la plage ou voir un film avec Fernandel. Une charrette s'arrêta et je poursuivis ma lecture juché sur une pyramide de pastèques.

Un peu plus tard je passai l'été sous la forteresse de Calvi. Je dormais dans un sac de couchage entre deux rochers. Toute la journée, face à la mer, je lisais *Souvenirs de la maison des morts* les yeux brûlés de lumière et de sel. Aujourd'hui lorsque je repense à ce livre très sombre, je revois la mer et les roches blanches de Calvi.

J'arrivai un soir à Aix-en-Provence, je ne savais pas où dormir, c'était l'hiver. Une jeune étudiante me prêta les clés de sa chambre. Pendant que je l'attendais je lus un poème posé sur son bureau, *Le condamné à mort*. Je ne connaissais pas Jean Genet. Il me bouleversa. La jeune étudiante ne rentra pas, je passai la nuit à lire *Journal du voleur*. Je ne me souviens plus du visage de l'étudiante, il y a plus de trente ans que je marche dans la poussière d'Espagne avec l'enfant de Mettray et je suis toujours ému aux larmes.

J'ai lu un livre dans chaque gare, je n'ai jamais franchi une frontière sans un poème à la main. Il n'y a pas une route d'Europe, un jardin public, un talus qui ne garde de mes dix mille lectures une émotion violente. Quand je prends un livre que j'ai lu il y a longtemps, je prononce le titre et aussitôt je revois telle gare, telle église, tel chemin, un port, un phare. Mon cœur est dans tous les pays où j'ai lu et écrit en marchant.

5 juin

Samedi soir. Il y a longtemps que je n'ai pas parlé de mes deux belles voisines et du jeune homme qui partage leurs vies. Il y a un an qu'ils ont emménagé et que je les observe par la fenêtre qui plonge dans leur salle de bains, si proche de ma cuisine. Que je surveille la cuisson du riz, lave la salade, fasse couler un café, donne un coup d'éponge sur l'évier ou lise mon courrier, je jette toujours un coup d'œil par la fenêtre et mon œil tombe directement dans cette étroite pièce chargée d'émotions qui me griffent le ventre.

J'ai regardé leurs corps dans toutes les positions, des plus gracieuses aux plus intimes et je n'ai toujours pas vu leurs têtes.

Plusieurs fois par jour je vois leurs jambes, leurs fesses, leurs dos, leurs seins, je connais leurs petits rituels, leurs grains de beauté. Des corps sans tête. Combien de jupes, de jeans, de bustiers, de strings ont-elles essayés devant leur miroir ! Devant moi. Je suis leur miroir. Surtout le samedi soir.

Elles doivent se douter qu'un écrivain les

dévore des yeux. Si elles m'offrent ce spectacle c'est pour que je pose des mots sur leurs corps. Je les habille de mots, je les déshabille.

Celle qui possède des seins magnifiques, gonflés et lourds, a envoyé assise sur la cuvette des toilettes des centaines de SMS et observé autant de fois la pointe obscure de ses seins. Son ventre s'arrondit un peu lorsqu'elle s'assoit. Elle en est encore plus attirante, plus humaine dans cette position.

Je ne suis pas arrivé à savoir quelle est la place qu'occupe l'homme dans la complicité de leurs jeux. Leur danse érotique du samedi soir est plus élaborée, plus trouble. Leur imagination a un an de plus. L'homme a plus de tatouages qu'au début de l'hiver, lentement son corps se couvre d'ombres bleues. Il en a acquis une autorité qu'il ne détenait pas au début de l'hiver, il les observe avec plus d'assurance. Son corps immobile et dur prend possession de la salle de bains.

Je ne sais pas où elles vont aller fêter cette extraordinaire nuit de printemps, elles ont fait voler toute leur garde-robe dans la vapeur d'eau et leurs corps devaient se refléter dans chaque goutte qui glissait sur les carreaux de faïence.

8 juin

De quoi ai-je voulu parler dans ce cahier depuis un an, de qui ? Je n'ai parlé que d'amour. La pensée seule de l'amour écarte la solitude et les premiers signes de la vieillesse que l'on constate dans le miroir, sur la peau de nos bras, de nos mains.

Ai-je été plus sincère en évoquant la banalité de mes jours que dans toutes les histoires que j'ai pu inventer jusque-là ? J'ai été plus près de mon enfance, plus près de cette terre que créait chaque jour le visage de ma mère, sa voix.

Je la regarde à toute heure du jour, là sur mon bureau, appuyée contre le pied de ma lampe jaune. Quand je me réveille au milieu de la nuit et que je m'assois un moment pour relire ou écrire quelques mots, je n'ai qu'à lever les yeux, elle est là. Je lui parle, elle me sourit.

Pourtant elle est grave sur cette photo noir et blanc, inquiète comme elle l'a toujours été. Elle a revêtu ses habits du dimanche pour aller chez le photographe, chemisier blanc à grand col, tailleur gris. Ceux qu'elle mettait quand nous étions convoqués par le directeur de l'école après plusieurs avertissements. Les mêmes qu'elle portait le jour où j'avais été renvoyé du collège en sixième et que mon avenir n'allait pas plus loin que le bus que nous attendions en silence. Le tailleur qu'elle mettait pour m'amener chez le docteur ou voir un film de Charlot.

Elle croise sur ses genoux ses doigts de travailleuse noircis par les légumes, déformés par les lessives. Elle est plus jeune sur cette photo que je ne le suis aujourd'hui. J'ai ses sourcils, son regard et cette bouche un peu tordue par une timidité anxieuse. La fatigue a commencé à creuser ses yeux.

Sur cette photo elle voudrait sourire, elle n'y parvient pas. Toute sa sensibilité, sa pudeur sont dans cette légère grimace.

Notre vie à Marseille dans les années cinquante, nos étés ici dans ce pays bleu qui ne s'appelait pas encore la Haute-Provence. Nous prenions le car en haut de la Canebière pour les Basses-Alpes. La Provence de ma mère que je n'ai jamais vraiment quittée, si ce n'est à vingt ans quand je m'étais évadé d'une prison militaire. Je suis comme elle, inquiet, sauvage.

Elle prenait ma main et m'emmenait dans tous ces chemins à travers les collines, le long des rivières bordées de saules et d'immenses peupliers. Nous nous arrêtions sur un pont de pierre pour regarder des poissons tourner dans une eau verte.

Nous passions au large des fermes que signalaient la flamme noire d'un cyprès, le cri lointain d'un chien. Des sentiers nous menaient vers des chapelles dévorées de ronces, des bastides abandonnées depuis la guerre de 14, des figuiers étendaient leurs bras gris dans des cuisines éventrées.

Nous traversions des ginestes, franchissions des ravins, des déserts, escaladions de bruyants éboulis, débouchions sur des plateaux aussi vastes que le ciel qui filaient vers un clocher en ruine sur un village mort.

Enfant je croyais que les vignes étaient bleues, j'ai vu plus tard les vignerons les peindre au sulfate de cuivre. Depuis cinquante ans je sillonne la Provence de ma mère, à vélo, à moto, en voiture, à pied. La vigne est partout. Elle éclabousse de sang toutes les vallées en automne, les coteaux. J'aimerais marcher pendant mille ans entre les gouffres du Verdon, le petit village de Moustiers-Sainte-Marie où a grandi ma mère et les falaises rouges de Cassis d'où plongent les grands oiseaux de mer.

Dans ces collines, sur ces plateaux déserts j'ai marché souvent avec ma fille. Maintenant qu'elle est étudiante je pars seul. Ce matin j'ai reçu d'elle une très jolie carte postale : « L'étang de l'or et la cabane de l'Avranche ». Elle me disait : « Bonjour petit poussin de mon cœur. Le printemps est joyeux à Montpellier. Nous visitons l'Hérault, nous dansons, partageons de bons plats, rions, suivons un peu Roland-Garros. Nous nous baignons dans toutes les rivières et sur la plage de Carnon où nous faisons des feux le soir. Nous chantons. Je reviens passer un morceau d'été près de toi mon petit papa. Tu m'as beaucoup manqué. »

On vit dix-huit ans avec son enfant, avec sa fille, un beau jour elle s'en va. Pendant dix-huit ans on partage tout, on se baigne dans des criques, dans des lacs, on pêche, on se cache dans les arbres, on se déguise, on va au cinéma, on invente des histoires de sorcières, de princesses, de loups et brusquement c'est fini. Cette vie s'arrête et votre enfant, cette jeune fille, part vivre une autre vie, sa vie qui n'aura rien à voir avec tout ce que vous avez vécu et partagé chaque jour jusque-là.

L'appartement n'a pas changé autour de vous,

sa chambre d'enfant, Juliette son ours, les vêtements qu'elle a laissés dans les tiroirs de sa commode. Pour elle une autre vie commence et on se dit que c'est normal, c'est ainsi depuis la nuit des temps, et rien ne vous paraît plus anormal, plus absurde, plus brutal.

13 juin

Je suis parti ce matin du côté de Banon. Je n'avais dans la poche que quelques euros pour boire un café dans le bistrot d'un village. Je ne suis jamais seul. J'ai la passion de tout ce qui bouge, vit, rayonne. J'ai la passion des visages, des forêts. Je peux rester des heures immobile à observer le vol d'une buse, une pierre verte dans l'eau qui court, un rat. J'ai passé ma vie à regarder le visage des femmes.

Je ne possède rien. Je me réveille le matin et je sais que tout m'appartient, les heures, les collines qui roulent sous la lumière dès que je pousse mes volets, les mots qui sont partout, fins et noirs comme des martinets. Ils fusent, plongent, crient, rayent le ciel étincelant.

À force de marcher, de regarder, de m'allonger au milieu d'un champ, je suis devenu ces champs, ces vieilles fermes effondrées que les ronces et les orties grignotent, ces lambeaux de pigeonniers, de clochers, de lavoirs, ces débris de bergeries qui sont au-dessus de Banon comme des squelettes blancs couchés dans l'herbe.

Je suis une Vierge noire au fond d'une église, un immense tilleul sur une cour d'école, je suis son parfum sucré qui enivre les enfants et fait rêver l'institutrice qui les surveille et ne voit que l'amour qui l'attend un si beau soir de juin.

Je suis toutes les barques de pêcheurs qui font danser leurs jaunes, leurs rouges, leurs bleus dans les calanques autour de Marseille. Je suis le journal sur une table de bistrot que des dizaines de mains ont déjà feuilleté, froissé. Je suis le voyou abattu dans sa grosse cylindrée et qui appuie sa tête éclatée sur le volant. Le même voyou que celui éliminé la semaine dernière ou le mois précédent. Je suis le tueur sur la moto et je fonce vers la même fin, le même destin de sang.

Je suis l'eau des Quatre Voleurs sur le corps de l'amant. Le pied de biche qui fait péter les portes une nuit de mistral. Je suis tous les chemins caladés de mots, semblables à celui qui s'élève au-dessus des toits de Moustiers, où j'emmenais ma mère chaque année pour qu'elle regarde son enfance. Je n'ai pas besoin de vivre au bord de la mer, je grimpe sur la première colline, tous les horizons sont bleus.

Je suis toutes ces femmes qui ont été si belles à vingt ans dans leurs courtes robes d'été de toutes les couleurs. Je suis leurs jambes fraîches et blondes, l'émail de leurs dents, l'arrogance de leurs yeux, de leurs seins lorsqu'elles frôlent un groupe d'hommes qui devient muet. Je suis toutes les femmes fatiguées qu'elles sont devenues, qui vivent seules et misérables, volets tirés au premier étage, dans une ville couverte de poussière. Elles ont ébloui leur village, leur quartier, si désirables, insolentes de beauté. Furtivement elles descendent acheter leur pain puis, dans la pénombre de leur appartement, elles vivent à la clarté d'un écran qui montre en boucle ce qu'elles ont été quelques années plus tôt. Je suis l'éclat de leur jeunesse, la tristesse de leur miroir, la pénombre où elles se retirent. Je suis l'or des femmes qui fait vivre mon cœur.

Je prends la main d'Isabelle. Je sais que cette femme ne me fera jamais souffrir. Il y a dans cette main une vie de tendresse.

Je n'ai jamais vu autant de corbeaux qu'autour d'Isabelle. Dès l'aube ils noircissent les trois grands chênes qui dominent sa maison. Ils restent là des jours à observer ses gestes, ses pas, la douceur de sa vie. Je suis comme eux, je les comprends.

Nos mères ne nous abandonnent pas, elles nous confient en partant à un monde de douceur, un petit coin qui ressemble à l'enfance, à un jardin, aux jours d'été, à la lumière.

DU MÊME AUTEUR

Aux Éditions Denoël

LES CHEMINS NOIRS, 1988 (Folio n° 2361). Prix Populiste 1989.

TENDRESSE DES LOUPS, 1990 (Folio n° 3109). Prix Motta de l'Académie française 1990.

LES NUITS D'ALICE, 1992 (Folio n° 2624). Prix spécial du jury du Levant 1992.

LE VOLEUR D'INNOCENCE, 1994 (Folio n° 2828).

OÙ SE PERDENT LES HOMMES, 1996 (Folio n° 3354).

ELLE DANSE DANS LE NOIR, 1998 (Folio n° 3576). Prix Paul Léautaud 1998.

ON NE S'ENDORT JAMAIS SEUL, 2000 (Folio n° 3652). Prix Antigone 2001.

L'ÉTÉ, 2002 (Folio n° 4419).

LETTRES À MES TUEURS, 2004 (Folio Policier n° 428).

MAUDIT LE JOUR, 2006 (Folio n° 4810).

TU TOMBERAS AVEC LA NUIT, 2008 (Folio n° 4970). Prix Nice Baie des Anges 2008 et Prix Montecristo 2009.

Aux Éditions Gallimard

LA FIANCÉE DES CORBEAUX, 2011. Prix Jean Carrière 2011 (Folio n° 5476)

SOUS LA VILLE ROUGE, 2013.

Composition Igs
Impression Novoprint
à Barcelone, le 13 janvier 2016
Dépôt légal : janvier 2016
1er dépôt légal dans la collection : septembre 2012

ISBN 978-2-07-044828-9./Imprimé en Espagne.

299033